心理之城

钟宇 著

SPM 南方传媒 | 花城出版社

中国·广州

图书在版编目（CIP）数据

心理之城 / 钟宇著. -- 广州 ：花城出版社，2025.
4. -- ISBN 978-7-5749-0388-3

Ⅰ．I247.5

中国国家版本馆CIP数据核字第2025YJ6056号

心理之城

XINLI ZHI CHENG

钟宇/著

出 版 人	张 懿
责任编辑	李 卉 鲁静雯
责任校对	李道学
技术编辑	凌春梅
封面设计	果 燃
出版发行	花城出版社
经 销	全国新华书店
印 刷	佛山市浩文彩色印刷有限公司
开 本	880毫米×1230毫米 32开
印 张	8.375 1插页
字 数	170,000字
版 次	2025年4月第1版 2025年4月第1次印刷
定 价	49.80元

Through me the way into the grieving city,

Through me the way into eternal sorrow,

Through me the way among the lost people.

通过我，进入痛苦之城，

通过我，进入永世凄苦之深渊，

通过我，进入万劫不复之人群。

——但丁《神曲》第一卷：地狱，第三章，3—5行

目录

引子 / 1

I

引 子

1

他出门时，繁星漫天。

每个人的际遇都不同，最终造就的人生也不同。张金伟在市篮球队干到26岁退役。并不是因为他打得不好，而是在一次对抗中，他的右眼被对手的肘部狠狠击中。

一个繁星漫天的夜晚，缺少了一只眼睛的他，背着行李走出市体委大门。他回头看了一眼，本应有的怨气，却非常奇怪地消失了。取而代之的，是一个来自天空中的声音。是星星在说话吗？碎碎念着只有他能听到的话语。而张金伟，选择了与这个声音对话。这，就是精神分裂的最典型特征——与并不存在的声音，开始了沟通。

1994年的一个周末，没有吃药的张金伟来到了市百货大楼门口。那里，有一对一米多高的张牙舞爪的石狮子。张金伟盯着其中一个石狮子发呆。待到百货大楼里的人多了后，他突然大步上前，用他的大手拍打石狮子，还用力去抠狮子嘴里的那一坨石球。直到他双手上满是鲜血时，他终于掰断了石狮的一颗牙齿。掏出了石球的他哈哈大笑，转身，望向身后围着他指点并讥笑着他是疯子的人群。

他的眼神，让围观的人们意识到危险的临近。人们开始尖叫着逃跑，但咆哮着的张金伟，还是用那个石球砸倒了三个人。他的愤怒得以腾空，他感觉天空中那个与自己每日每夜对话的神灵，终于进入了自己的身体。他举着石球，对着地上呻吟着的无辜女孩的头部用力砸去。那个一度高高跃起，举起篮球，用力扣入篮筐的张金伟再次来到……

一下，两下，三下……

轰动一时的海阳市百货大楼疯子杀人事件，以张金伟被关进精神病院收场。愤怒的人们并不希望看到这样一个结局，他们认为，这是法律对恶魔的放纵。

张金伟就不明白了，为什么自己还成了恶魔呢？他不过是一个热爱篮球，且想要将自己的一辈子都奉献给篮球运动的大男孩呀。

2

2010年夏天的一个上午，游荡在花子街一带的疯子冯老三，趁着电力局的维修人员不注意，顺着梯子，爬上了高压电线杆塔。维修人员发现后，连忙冲他大喊，这吓坏了冯老三。

冯老三也冲着下方大声嚷嚷，并将梯子给推倒。维修人员只能拨打110报警电话，最先赶到现场的，是正好在附近出警的两名刑警：46岁的市局刑警队副大队长老景和他的徒弟——刚从学校毕业不久的小警察谷宇。

通过喊话，电线杆塔上的冯老三似乎安静了下来，众人就决定不等消防队的同志了。梯子被再次架了上去，谷宇要上去，被老景抢了先。老景说："十几年前，用石头砸死了三个人的疯子张金伟就是我给按地上的，我算是应付这种场面的熟手。你这小毛孩子在下面看着就是了。"说完，他就上了梯子。

五分钟后，梯子被冯老三再次推倒，梯子上的老景，从十五米的高空坠落，头朝下直接砸到了水泥路面上。在场的人都惊呆了，围观的成人捂住了孩子的眼睛……23岁的谷宇一把抱起老景的身体，往医院方向跑，可跑出几步后发现，他搂着的这具还有着温度的身体并不是完整的。他扭头，老景的半个头颅还在地上。老景睁着眼，看着谷宇，他的表情扭曲，像是一个被人遗弃的面具。

冯老三被送入了精神病院，老景的身子被送去了火葬场，当事人似乎都有着他们的结局。但现场的谷宇的故事，却并没有因此就有了结局。老景的家属来到市局，将谷宇按到地上，几位乡下来的老者对他拳打脚踢。老景的妻子哭着吼道："老景的孩子明年要高考，上面的老人也都等着他送终。你年纪轻轻的，为什么就让他一个上有老下有小的家伙上那电线杆呢？"

市局领导过来，将老景家属领走，谈妥了一些后续事宜。老景家属的火消了后，也就没再来过了。但23岁的谷宇开始变得沉默寡言。刑警队就安排谷宇去市局政治处待了两个下午，让他和政治处的曾警官聊了会儿天。曾洁是干心理干预的，说话细声细气，脸上始终挂着微笑。到两个下午聊完，谷宇终于开始有了笑容。曾洁也就给队里的指导员打电话，说问题不大，毕竟年轻，就算有执念，也不会太深。

休息了一周后，谷宇再次回来上班。那天下雨，他打着伞往前走，看到一个瘦小的少年站在市局对面马路边，没有打伞，就那样直挺挺地淋着雨。见谷宇看他，少年转过身，朝着马路的另一边跑了。

谷宇并没有当回事，迈步往前。市局大门前有十几级台阶，他上台阶，进门，突然想起，刚才看见的那个少年似曾相识，那眉目间，不正是老景的模样吗?

他连忙转身，往那少年跑远的方向看。那一会儿，雨更大了，那大雨中，瘦小的身影站在远处，也正朝自己这边看。谷宇快步出门，但那少年见到谷宇往前，再一次转身……他的身影，消失在大雨中。

谷宇停步，嘴里念叨出一个名字："景哲……"

2010年8月，17岁的景哲没有了父亲。他的父亲，叫景海峰，也就是谷宇的师父——刑警队的功勋警察老景。

3

1956年，加拿大多伦多市的17岁少年彼得·伍德科克杀害了两名男孩和一名女孩。被捕后的他，被送去进行司法鉴定，最终被认定为有严重的精神病。彼得被判处无罪，送入精神病院进行强制治疗。他的治疗可能是终生的，因为他具备高攻击性，脑部的额叶与颞叶的功能低下。而这两个部位是与自控力、同理心密切相关的。这些部位活跃程度低下，暗示着患者缺乏道德认知和抑制冲动的能力。

而这，也是类似于彼得这样的家伙进行极不人道的暴力犯罪的原因。

之后三十五年，彼得的青春与壮年，都在狭小的精神病院中被磨尽。他眼光中的杂乱与宣泄终于消失。51岁的他，看上去非常衰老，还有着让人觉得可悲的慈祥神情。

医院认为彼得的病情已经缓和，并开始准备让他逐步重返社会。1991年7月13日，他获得了通行卡。彼得可以用这张通行卡离开精神病院3小时，在小镇里漫步一会儿。医生甚至还微笑着告诉他："老彼得，你可以去买一份你这些年最想吃的鸡肉比萨饼尝尝。嗯！如果你没吃完的话，你还可以让服务员给你打包，带回精神病院里你的病房，到晚上再继续享用。"

彼得微笑着点头，有礼貌地对医生说了谢谢。他和医生护士们挥手，抬头看了看医院门外的天空。三十五年了，这是他第一次走出医院，对他来说，这无疑是一个让人激动的时刻。

十几分钟后，彼得用石头将医院院子里的一名病人杀死，并将其拖入一处灌木丛里，对尸体进行了猥亵。然后，他手里拿着那张通行证，走出了精神病院，向小城里的警察局自首。

所以说，杀戮，对某种人来说，是真正无药可救的病。

第一部分　景哲

我是景哲，海阳大学心理学专业在读研究生。我对罪恶，有自己的理解，对惩罚，也有自己的看法。

第一章　没有未来的人的死去

1. 我爱你！没有未来的人

2017年3月21日凌晨，小雨。

我和韩璐在我那小阁楼里醒来，我翻身去搂她，她像是一条无骨的蛇从我手臂间滑走。她到床边，扭头看我。她笑了，问我："又想要干吗呢？"

她赤裸着的身子，在窗帘透过来的微光下，宛如白色的丝绒，有着质感，微微亮。狭窄的空间里，属于她的香味让人无处可逃。我再次朝她伸手，说："落实了实习单位后，我就领你去见见我妈。"

韩璐笑了，她打了下我的手："再说吧。"

她看表、穿衣、洗漱。接着，她对着镜子描眉、涂口红。最后，她拿上了她那个从来不允许我碰的神秘的小背包。她的这一系列动作，在我记忆中宛如一场胶片电影，不自觉的，宛如烙印。

她凑到我跟前，弯腰亲了我一下。她说："景哲，从第一天认识你我就跟你说过，我是一个没有未来的人，你为什么不相信呢？"

我笑："信！因为，我也是一个没有未来的人。"

然后，她开门走了。我看表，凌晨五点三十五分。

韩璐是社工专业的，和我们心理学专业的学生一起，都在社会科学分院。我认识她时，大二。她个子高，是排球队的。而我，是给校篮球队管后勤的。嗯，也就是负责派盒饭的。

只要写她，我就会很低落。是的，我爱她……就算是她离开了我，我依然爱她。我觉得，我对她的爱，会是永恒的。因为，她离开我的方式，可以令我轻易完成永恒。就好像是我对我父亲的那份情感，也早已是永恒。

那天，是2017年3月21日。那天，下着雨。

我打着雨伞，去到了谷宇家楼下。今天是周六，他不用太早去市局。再说了，他的女朋友……嗯，就是那个叫余穗的脑外科医生，昨晚应该留宿在他家。我并不知道他俩在这个下着雨的早晨，会是如何分开。再说，我也不感兴趣。我不关心他们分开时是否会亲吻，是否会不舍。我想知道的是，他俩是否能早点结婚，或者，早点生孩子。那么，谷宇在这人世间牵绊的人和事就会更多，对于我来说，能够收获的入口就更多。

八点十三分，谷宇下楼了。从他家到市局只有两公里，所以他很少开车。不过，他会在小区门口的面包店里待个十五分钟，这个习惯，他维持四年了。在我观察他的第17个周六，我就已经揭开了这个属于他的十五分钟里的秘密。

不过，是刷新闻而已。

是的，周六早上，他会坐在面包店里，喝杯咖啡，吃个三明治，看十五分钟手机上的新闻。

对了，我父亲景海峰那时候吃早餐时也喜欢看新闻。不过，那时候他都是看报纸，不像现在，盯着手机就可以了。

其实，父亲死了后，我的成绩并没有下降。这点，我妈以及我们学校的老师都觉得很意外。他死后的第二年，我参加高考。班主任要我报更好的学校，我妈希望我选我擅长的理科专业。可最后，我还是选了海阳大学的心理学专业。我对老师们说，这是因为我不想让我妈妈身边冷清。然后，我对我妈妈说，选心理学专业，是因为我想成为一个可以体面赚钱的心理咨询师。

实际上，都不是。我之所以留在海阳市，是因为我想继续观察谷宇。而我学心理学，是因为行为主义心理学里，有一个词，叫作行为操纵。我——景哲，不可能永远是个小孩。通过学习，我终能够成为一位优秀的心理学方面的魔术师。到那天，我觉得，我有把握让一个苟活于世的懦夫，放弃生存的信念，走向死亡。

嗯，是的，我想让谷宇自杀……我的人生只有这么一个目的，仅此而已。为了这个目的，我大学和读研究生的这六年里的每个周六上午，都会来到有谷宇的地方，观察他，研究他。为此，我必须在每个周五晚上就离开大学城。这样，周六的早上我才可以按照自己的计划行事。而大学毕业后就开始工作、成了一个社工的韩璐，在每个周六的早上，也会早早出门，背着她那个从不让我碰的小背包。我问过她，她说不过是晨跑而已。

或许，她和我一样，也有着不可告人的目的。

她说："我是一个没有未来的人。"每每至此，我说："我也是。"

直到2017年的这一天，我才知道。她，确实是知晓了自己没有未来。而我，却是有着一个和我预期的完全不一样的未来。

我再看到韩璐时，她的眼睛永远闭上了。她的睫毛很长，像是天使垂下的翅膀，盖住了她的灵魂。而她的灵魂，本可以通过眼睛展示于人。但这场雨中，她的灵魂消失了。

我是八点三十二分接到警方打来的电话的，他们问我："你认识韩璐吗？"

我说："认识。"

他们又问："你能联系到她的家人吗？"顿了下，他再问，"你是她的家人吗？"

我说："她没有家人。她姐姐和她妈妈都在七年前死了。"

电话那头停了很久，最后说："你过来一下吧，她电话里只存了你一个人的电话号码。"

我开始意识到可能发生了什么不好的事情，连忙追问："她怎么了？"

对方说："你来职业技术学院后山吧，尽量快点。"

他挂了线，我看了一眼在马路对面走着的谷宇。他居然也在讲电话。

旁边有空出租车，我上了车。二十分钟后，我抵达职业技术学院后山，这里围了很多学生，但没人敢越过警戒线。我看到一台后车门敞开的警车上，有着一个浅蓝色的长长尸袋。尸袋旁，还有若干小的透明塑料袋。我无法看到蓝色尸袋里有着什么人，但……我在那透明袋子里，看到了我熟悉的衣裤。

我的呼吸开始变得急促，赶快往警戒线里走。有警察过来拦我，被我猛地推开。我将雨伞扔开，往前狂奔。那些透明袋里的衣裤越发清晰，是她的牛仔裤、她的棉衣、她的毛衣……还有……还有她的浅色内衣、她的浅色内裤、她的白色棉袜……每一件，都是很廉价的，因为我俩都要还助学贷款……我们非常拮据。

最后，我看到了她的小白鞋，但她的小白鞋在此刻，已是红色。而我脚上穿着的同款的小白鞋，还是她前几天刷过的，所以干净纯白。

我有嘶吼，但我喊出的是什么字眼，我没有记忆了。有警察过来搂住了我，说："孩子，冷静点。"

我开始号啕大哭。

我认识韩璐的时候，有点自闭。因为我始终无法接受我父亲在出警时意外死去的这一事实。可是，我得学好心理学，也得能够融入社会，才有机会接近谷宇。为了让自己重新学会社交，我从大一开始就频繁地参加学校的社交活动。尽管如此，我自己知道，我依旧无法真正快乐，因为我是一具行尸走肉而已。

直到我第一眼看到韩璐。那天，她穿着排球队的队服，扎着马尾，从我身边跑过。我闻到一股子酸酸的味道，但挺好闻。接着，韩璐扭头过来："你是篮球队管盒饭的景哲吧？"

我连忙分辩："我是管后勤。"

韩璐笑了："好吧，一会儿帮我们女排也叫一下盒饭。"

我耸肩："不行，除非……"

她转身："除非什么？"

我说："除非你告诉我你叫什么名字。"

她说："我叫韩璐。嗯，我是一个没有未来的人。"

我说："真巧，我也是。"

没有未来的人……谁信呢？

2017年3月21日的上午，我信了……我爱着的一个叫作韩璐的扎着马尾的高个子女孩，她确实没有未来。从此，我对她的爱意，成为永恒。

她一直想要有一双小白鞋，但我们是这座城市中最为拮据的一对小可怜虫。她去年生日时，我从自己那可怜巴巴的奖学金里挤出了两百块，买了一双她喜欢的小白鞋。韩璐很喜欢，但她嫌贵。她拿着鞋去到店里，想要退货。可店家不同意。最后，她换了两双一百块钱一双的廉价小白鞋回来，一双自己穿着，一双给了我穿。

鞋或许不是真皮的，穿着总是湿漉漉的……但，我俩很喜欢……

2．一场遗忘爱人的仪式

我想扑上前，去拉开那个蓝色的尸袋，可身后有人把我拦腰抱住了。我挣扎了几下，最终放弃了。我是一个警察的儿子，所以我知道在这刑案现场，受害人叫韩璐，而我……我并不是她的亲属。尽管，我是她生命中最亲密的人。

搂我的老警察拉开了旁边一台八座警车的门，要我上去冷静一下。临关门时，他突然问我："你是叫景哲吧？"

我点头。

"景海峰是你爸？"他又问。

我点头，不想说话。

他将门拉上。我弯腰，双手抱头。车厢里，有着一股子熟悉的气味，令我感觉好像被一双有力的臂膀护住，得以收获些许安全感。我知道，这是因为，我骨子里有着金色盾牌烙印过的痕迹。在我父亲身上，也有过这味道。

父亲走了后，我一度崩溃，安全感严重缺失。母亲更是如此，最终，她被抑郁症完全控制，变成一个终日无语的人。我想，这也是她要求住进福利院的原因。她走不出一个有着父亲守护的茧房。

每个人的心理世界都是一个独立的城邦。城邦里住满了人，有亲近的，也有疏远的。母亲的心理之城里，最亲近的人是父亲，然后才是我。而我的心理之城里，冷冷清清。我一度认为，我并不在乎其间的冷清，且认为就算只住着韩璐一个人，也无所谓。整个世界，有两个人就足够了。

谁知道，这，也是奢望。人们说，入世，就是眼睁睁看着你珍惜与在意的东西，一片一片被剥离。未曾想到的，它首先剥离的一片，就是我最为在意的一片。

就在这时，警车门再次被拉开了。我抬头，看到的人居然是一个我在此刻最不愿意看到的人——谷宇。

我连忙抬手，将脸上有着的湿润抹掉。谷宇却扭头冲身后说话了："是老景的儿子。"

他身后是一个两鬓斑白的高大男子——市局分管刑侦的薛局。我以前见过他，他和我父亲是好朋友，当时也代表市局来过我家。

这种八座的警车后面都是改装过的，座椅在两边，方便放担架，也方便关犯罪嫌疑人。他俩上车后，坐到了我对面。

我不知道他们为什么上车，是要看我沮丧的模样吗？我看着他们，歪着头。他们也看着我。半晌，谷宇问："可以说吗？"

薛局想了想："先问问景哲自己的意思吧。"

"嗯。"谷宇点头："景……景哲，本来这几天也要去找你的，没想到在这案发……嗯，在这遇上。"

"找我干吗？慰问遇难者家属吗？"我摇了摇头，"不用了。"

薛局拍了下谷宇："我来说吧。"

我扭头，不看他们了。

薛局："景哲，你想过加入警队吗？"

我一愣。

"是这样的。当年你父亲走了后，我们和你妈妈也有沟通。抚恤金肯定不是真正能解决问题的关键。所以，我们就提出，等你大了，只要愿意，我们就将你召回警队。你妈妈当时情绪不好，没有给出答复。实际上，后来这几年，她也给不出答复了。所以，我们一直都有观察着你，等到你现在研究生也快读完了，才跟你说……"薛局话语声缓慢，但很有力，"想不到是这么个时机……是的，只要你愿意，你就可以加入警队，先从辅警做起。现在警队有'逢警必考'的政策，而你作为牺牲民警的子女，有加分项。再说，你的专业，本就符合我们现在需要的心理学特招范畴。所以，我对你之后顺利通过考试很有信心。景哲，要知道，这也是你父亲曾经奉献终生的地方。"

"奉献终生的地方……"我笑了笑。

薛局摇头："景哲，你不能这样。你是警察的孩子，警察，是一个需要奉献生命的职业。你父亲选择了，他就知道会面对什么样的结果。同样的，作为警察的家属，也都早早知道危险是存在的。"

我耸肩："但，为什么必须是我们家遇上呢？"

薛局沉默了一会儿，他扭头，看敞开的车门外："景哲，你看看外面，围观的那些技术学院的孩子。而你现在，其实也是这些孩子中的一员。如果，没有愿意奉献生命的我们存在，那么，他们是无法得到稳定与安全的成长环境的。就好像是……就好像是你的女友——这个早上的遇害者，她的不幸，就说明了我们的工作并没有做好。而更多的我与我们，如果能够将工作做好的话，也就不会出现今早这样的惨剧。"

"她是怎么死的？尸体为什么是赤裸的？"我抬头，冷冷问道。

薛局："目前不能说，因为……因为你还不是我们警察队伍里的人。"

我冷笑："我可以理解你这话是一种要挟吗？或者说，是你想要我加入警队的一个诱饵？"

"景哲，不能这样和薛局说话。"谷宇打断了我。

我看了他一眼，再次努力将嘴角上扬。我起身，出车厢，压根就不多看他们，甚至不想说一句最简单的告别话语。

我下车，不敢去看有着韩璐的方向。我大口呼吸，让湿冷且夹杂着雨水的空气进入我的鼻腔。

我得以足够冷静。我走向一旁，捡起了我的雨伞。我将雨伞撑开，站在原地不动，犹豫着要不要扭头看那裹着她的尸袋最后一眼。

我叹了口气。

从职业技术学院到我住着的那狭小阁楼，有十几公里吧。我举着伞，步子很慢，一直走到晚上。路上，我反复告诉自己，要学会接受。因为书上说过，人生就是各种悲欢离合凑成的。只不过，给到我的离合，太过决绝。分界线，是生与死的距离。

我在马路对面的小超市，买了二十一包方便面，这是七天的分量。回到我的小阁楼，我烧水、泡面、吃面。到吃完，才发现调料包忘了放。我摇了摇头，给导师发了个信息：这几天我在忙实习的事，不回学校了。

然后，我关了机。缩到床上，抓起被子深深呼吸，韩璐的味道还在。但，她……不在人世。

我是学心理学的，我知道悲伤只是一种情绪，是有诱因的。只有抑郁症才是没有诱因的，病理性的。

而我的悲伤，诱因是我最爱的人离开了这个世界。

父亲离开时，我十七岁。母亲因为长期抑郁，选择住进福利院时，我十八岁。也就是说在我尚懵懂的年龄，就没有可以为我挡风遮雨的人了，我只能选择快速长大。

认识韩璐时，我十九岁。她是一抹光，令我变回一个正常的孩子。她和我一样，没人疼爱。我们都是靠着那一点点的助学贷款读完大学的。然后，她开始工作，成了一个社工，我选择了读研究生。

我尝试过和她一起勾画未来，她不肯。她说，她是没有未来的人。

是的，终到这天，她的未来画上句点，我的未来再次灰暗。

二十一包方便面，够我在阁楼里待七天。

我是学心理学的，我懂得给自己进行自我催眠。实际上，催眠就是心理暗示。我告诉自己，从此刻开始，心碎七天吧。七天后，景哲一定能够重新站起来。也就是说这个七天，是我给自己的一个仪式，一个走出低谷的盛大仪式。而在这个七天里，我也会好好想想，或许，我应该接受薛局和谷宇的建议。那么，我就能为韩璐找到凶手。同时，也能冠冕堂皇地走入谷宇的生活，进而将之摧毁。

那么，接下来的这个七天，允许自己放肆流泪，放肆想她。但七天后，再次走出门的这个我，这个景哲，还是必须直面自己的人生，直面自己人生的使命——令那个叫作谷宇的懦弱的家伙，完全崩溃，选择灭亡。

我终于开始放肆哭出了声音……

天亮了，又暗了……

又亮了，再暗了……

阁楼墙壁上的石英钟里的电池，或许已没电了。时间停止在11点11分，这是一个孤独者独有的时刻吗？但秒针还是不甘心，不断重复，努力向下一秒弹着，却又无法如愿。我想，此刻的我，也和它一样，在等待某种能量的注入，才能跨入下一个时刻吧？

终于，我熬到了第七天。

3月28日晚上八点十分，我将手机开机，有四个未接电话，同一个号码。第一次打过来是在两天前，具体说，是44个小时前。我认识这个号码，这个号码的主人是谷宇。接着，我又看到了手机里有他发来的短信：杀死韩璐的嫌犯抓到了，你来市局刑侦二科找我。

我猛地蹦了起来，胡乱换了套衣裤。临出门时，我还是将墙上的石英钟拿下，抠出了那两枚怂恿着石英钟的秒针努力了七天的旧电池，并将它随手放进了裤兜。

我出门，这是韩璐离世后的第七天的晚上，对面开往市局附近的公交车正进站。我冲着车大声嚷嚷，快步跑过去，跳上车。

十几分钟后，我到了市局门口。我拨通了谷宇的电话："喂，我是景哲，我可以进来吗？"

"直接上四楼审讯室吧。"谷宇小声说话，然后急急忙忙挂了线。

到我走到二楼时，他却已经在楼梯口等我。他胡子应该几天没刮，黑眼圈也很明显，是熬夜了吧？

他冲我点头："薛局说，你一定会回来，我也是这么认为的。"

我反问："为什么呢？"

谷宇："因为你的导师跟我们说过，你最感兴趣的学科是犯罪心理学。"

我点头："确实如此。那么……"我看着他的眼睛，"那么，此刻我答应加入警队的话，是不是就可以看到杀死韩璐的人呢？"

谷宇犹豫了一下："纪律上不行，但……景哲，嗯，我让你看看他吧。"见我没反驳，他又继续道，"只不过，现在的问题比较麻烦。我们已经提审他五次了，羁押他也已经四十四……"他看了下表，"已经四十五个小时了。这家伙心理素质非常好，始终都是回答无可奉告。再加上现在除了技术学院的摄像头拍到了他在那个时间段里上过后山以外，也没有其他证据。所以在三个小时后，我们就只能将他释放。除非，在这期间能够找到真正将他定罪的证据。"

"哦。"我点了点头，"谷……谷警官，我可以参与审讯吗？我懂一点点心理学……嗯，你们有和我导师接触过，应该也知道了，我在催眠以及行为操控这些方面，有一点点心得。"

谷宇摇头："我可以让你在审讯室外面看，但是，你是绝对不能进去参与审讯的。你的身份现在充其量也只能算是辅警，实习警察都还不算。"

我忙说："也行。只要能让我观察到对方的一些行为动作表情，或许我就能帮上点忙。"

谷宇："那你跟我进来吧。"

3. 杀人者心中的图腾

谷宇说的审讯室，并不是在他接我的二楼，而是在四楼。到四楼，就有一扇大铁门，铁门后的过道上装有铁栏杆。我听我爸说过，以前有个职务犯罪的嫌犯，很胖，有快三百斤。他在审讯结束后，乘人不备，从市局四楼跳了下去，摔到了楼下的花圃里。送去医院，就一点皮外伤，骨折都没有。市局的人当时就开玩笑说道："这家伙挪来的钱都吃到肚子里换了一身肥肉，想不到在最后关头，还能给自己保命。"

我爸还说，那家伙后来被判了死刑。因为肥胖，注射时，扎不到他的血管，费了好大劲。也就是说，这身肥肉在保护主人的性命上，算是足够出力了。到最后，犯人哭喊着："你们倒是快点啊，再不弄死我，你们给我套上的这纸尿裤，都要装不下了。"

是的，注射死刑的犯人，都要被换上纸尿裤，因为他们会因为恐惧而大小便失禁。而这位三百斤的企业领导用的纸尿裤，是专门针对他定制的。市场上，压根没有他能用上的型号。说完这些，我爸哈哈大笑。而当时还小的我，觉得他大笑的模样很帅，是个啥也不怕的顶天立地的大人物。

未曾想到的是，这大人物生命的尽头，不是在与他的对手们博弈的战场上，而是在一名街头游荡的流浪汉手上。

我跟在谷宇身后，走过铁门，往前走。在我爸给我讲的若干故事里，有很多都发生在市局四楼的这一排审讯室里。所以，我打小就知道，警察与罪恶博弈的主战场，其实并不是在看似肮脏的社会，而是在这面对面对峙的审讯室里。于是，我下意识将胸脯挺起，甚至还模仿着我前面的谷宇，将步子迈大。

他推开了走廊尽头房间的门。里面，坐着薛局——这位一直在刑侦一线工作的市局领导，此刻手里拿着一支烟，紧盯着他面前的巨大玻璃。玻璃的另一面，是一个十几平方米的审讯室，房间里的长桌前坐着两个穿着警服的警察。在他们对面，是一个被控制在审讯椅上的中年男人。

薛局看了我一眼，指了指他旁边的椅子，示意我坐。他并没说话，好像在他的世界里，我本就是一个应该坐在他旁边的人一般。

我坐下，开始打量玻璃另一面的审讯室里那个被固定在审讯椅上的中年人。我感觉自己的心跳开始加速，因为这个男人，很可能就是杀死韩璐的凶手。但同时，我又努力调整着自己的呼吸，令自己的激动不表现出来。因为我知道，警队是有纪律的，如果我不能控制自己的情绪，那么，就算我真的办好手续成了一名警察，也不能参与到这种级别的刑事案件中来。

我的心跳慢慢平和，注意力得以集中起来。我开始细心观察审讯室里的男人——三十出头，结实且白净。他穿着一套深灰色西服，里面是浅色的衬衣。衬衣的袖口与西服的袖口贴合得很整齐，说明他收入颇丰，支付得起量身定制的西服的费用。所以，他一定有着一份体面且稳定的职业。他的头发有点乱，但鬓角位置有着修剪的痕迹，且非常整齐。我可以忽略他的发型，进而确定他是一个非常注意细节的男人。这点，在他那双十指交叉放于审讯椅上的手上，更是被印证。因为他的指甲非常整齐，指甲盖在审讯室的灯光照射下，还有着微微的反光。

也就是说，如果仅从他的打扮上来看，他并不像是一个会犯下杀戮之事的人。但，我有段时间对犯罪体型学说特别感兴趣，在体格类型犯罪学派看来，人的体型被分成三种：内胚层体型——肥胖者，外胚层体型——瘦长者，以及容易出现犯罪者的中胚层体型者。所谓的中胚层体型人，他们普遍有着健壮的体格，肌肉相对来说发达，肩宽，脖子粗壮。犯罪心理学家谢尔顿认为：具有这种人格的人具备充沛的精力，且先天有着对刺激的强烈需求。并且，他们对疼痛反应会相对迟钝，侵略性明显高于其他人。

是的，此刻坐在审讯室里的这个男人，就正是有着宽大的下颌、粗脖子以及偏壮的体型的人。换言之，在体格类型犯罪学派看来，他那考究的服饰下面，包裹着的不过是一个不安分的、随时想要寻求刺激且不会在乎是否触犯法律与道德界限的嚣张跋扈的灵魂。

我再次深呼吸，努力让自己冷静。学习心理学五年，也在一些心理辅导机构做过一些临床的工作。可这些过程中，接触的更多是儿童以及普通人的心理问题而已。真正要利用犯罪心理学里的知识，在真实世界里对一些极端者进行分析评估，对我来说，这还是第一次。况且，对方还很可能是一个手上沾着鲜血的凶手，且还是韩璐的鲜血。这个预设，更是让我无法理性客观地思考。

我需要极致的冷静，避免出现我这个年龄的男性容易出现的冲动。因为冲动会导致我无法做出正确的判断。这对于一个心理学专业的人来说，是绝对不能允许的。于是，我将自己的右手偷偷地插进裤兜，再用拇指和食指的指甲掐住了自己大腿上的皮肉。我在用力让自己感受巨大的疼痛。

终于，我嘴角上扬，微微笑了……因为这一些不为人知的小动作后，我终于得以收获冷静。我得以敏锐捕捉，得以发现了审讯室里的中年男人有着一个非常不明显的细微动作——他的眼球会不时往上，而他这么简单地瞟一眼的位置，有着一面直径30厘米左右的圆形石英钟。石英钟上的秒针匆匆忙忙，不断往前行进。而中年男人脸上的表情，气定神闲。

我心念一动，尝试性地将头往薛局方向偏，小声说道：

"我、我可以给个提议吗？"

薛局愣了一下，他应该没想到我这么个小毛孩子，会主动和他说话。他看了我一眼："嗯，说来听听。"

我从裤兜里掏出了临出门时从家里那面石英钟里拿出的没有电了的电池，尝试性地问道："能不能……能不能给审讯室里的钟，换上这两节电池？"

薛局问："什么意思？"

我说："我还不能确定，但，嗯……"我寻思着自己要如何令面前这男人接受我这么个没谱的提议，最后，我挤出一句，"薛……薛伯伯，我觉得，如果他一直盯着的那面石英钟无法弹跳，或许，他会有一些混乱。"

薛局咧嘴笑了："小家伙，还来这套？好，今儿个就试试你们这号心理学科班生的本事。"说完，他一挥手，让旁边的谷宇接过了我的电池。谷宇看了我一眼，再冲薛局点了下头，然后出去了。

透过玻璃，我看到谷宇进审讯室，和正在审讯着嫌犯的刑警小声说了话。然后，那中年男人被带出了审讯室。谷宇朝着我们这边点了下头，实际上他压根看不见我们。接着，他拉了一把椅子过去，踩在椅子上，将墙上石英钟的电池摘下，换上了我给他的那两枚电池。

很欣慰的是，电池并没有让我失望。它们无法将我家里的那一根秒针驱动，到了市局，同样没法把审讯室里的钟表上的秒针驱动。而且，那秒针也和我家里的一样，在频繁努力，往下弹动，却又无法进入下一个时间刻度里。

我对这场景非常满意，扭头望向薛局。薛局也正看着我，他抬手，指着那面钟："这就是你的计划？"

我点头："试试吧，很多时候，支撑着一个人不会崩溃的，是他在自己心里树立起来的某个图腾。因为图腾，才会让他有一种信仰。当然，我这里说的信仰，应该是贬义词。而我有留意，嫌犯不时看时钟一眼。我想，这审讯室里的时钟，或许就是支撑着嫌犯不至于崩溃的图腾。"

"就因为他之前一直盯着那面时钟吗？"一个声音在门口响起，紧接着，一个穿着警服的大个子推门进来。他眼窝很深，鼻梁高且挺，有着青紫色的胡茬，年纪应该和谷宇差不多。薛局看到他，问："那边的案子处理完了？"

大个子说："完了。来回开车三千多公里，屁股上都是茧子了。这不刚回来吗？听说了这个案子，就上来看看。"

"谷宇都跟你说了？"薛局再问。

大个子再次点头："大致都知道了。"他看了看我，"谷宇还告诉了我，景哲会过来。所以，我才会第一时间上来的。"说完，他冲我伸出手来，"你就是景哲吧？你好，我是李淳，"他顿了一下，"你爸的另一个徒弟，应该也算是他带得最好的一个徒弟。"

我愣了，紧接着我站了起来，双手伸出，握着他的手：

"你……你是李淳叔叔？"

"叔叔个鬼啊，我就只比你大这么七八岁，当年跟你爸屁股后面领你玩时，我也刚从学校毕业不久。"李淳笑了，"景哲，嗯，你能回我们警队真好，那感觉是……感觉是很亲密的战友归队了。"

薛局打断他："你是上来找人唠嗑的吗？"

李淳，海阳市刑警队里青年刑警中的佼佼者。之前刚加入警队时，也和谷宇一样，是跟着我爸景海峰。不过他和谷宇不一样，谷宇是警校毕业，学的就是刑侦啊、情报啊、治安这些。而李淳，是海阳大学心理学专业毕业，跟的老师和我的老师一样，是国内很有名的犯罪心理学家柏然老师。而这些，都是我父亲景海峰告诉我的。所以，我对他和谷宇，其实很多年前就有着一种亲切感。

是的，李淳和我一样，是犯罪心理学专业的忠实信徒。

只不过，我在当时并不知晓的一点是——我爸给人介绍人，有时候会把人给说乱……

李淳脸上还是挂着笑，将和我握着的手松开："这起案子，和七年前的那起案子，或许不能并案，但之间绝对有着关联，因为……"他看了我一眼，"因为这个案子里的死者韩璐，和七年前在同一个位置被人强奸杀死的受害人韩琳，是亲姐妹。"

"七年前？"我抬头问道。

李淳的声音继续道："是的，七年前，在职业技术学院后山发生过同样一个奸杀案，当时就是师父景海峰负责的。那天，他领着我和谷宇去花子街，就是去受害者韩琳家走访，出来时遇到那个流浪汉爬电线杆的事件。"

谷宇不知道什么时候也已经回到了这房间，他补充道："是的，七年前那个下午，我们就是去见了韩琳的家人。她家里只有一个十几岁的小姑娘，当时一直在哭。那小姑娘就是……就是我们现在这个案子里的受害者韩璐。"

没有未来的人……

我脑海中，韩璐的模样在快速变化，她的头发在变短，五官在变小。最终，她变成了一个缩在墙角抽泣着的十七岁的小孩。我瞬间共情到了她在七年前的那些日子里的感受，是巨大的安全缺失、不知所措、害怕与惊恐……因为在当时，我父亲景海峰离世时，我也只是个十七岁的懵懂少年。

时空中，居然有着另外一条若隐若现的线，将我与七年前的她系在了一起。而我从我的世界出发，顺着这条线往前，竟然可以触摸到线的另一头的她的世界。那么，在那个下午，我的父亲景海峰一定会用他那双粗糙但能够让人收获安全感的大手，拍拍十七岁的韩璐的肩膀。

他会说："一切都会好起来的，孩子。"

他还会说："我们一定会把伤害你姐姐的坏人绳之以法，请相信我们。"

他一定会这么说的……

只不过，在他走出韩璐家门后……

几十分钟后，他从电线杆上摔下，头先着地。他的所有舍得与舍不得的东西，都不再有意义了。他的所有放下与放不下的东西，也都由不得他自己决定了。

也就是说，他对当时十七岁的韩璐的承诺，也变得只是一个轻易的承诺而已，没法兑现。

第二章　七年前就死去了的人

1. 死者泡的咖啡的味道

七年前的一个早晨，景海峰接了一个案子，是发生在职业技术学院后山的一起奸杀案。该校一个大二学生，背着一个小背包，里面放了一杯她在宿舍里用了大半个小时亲手磨的咖啡。

咖啡是热的，她用保温杯装着，然后急急忙忙下楼。外面的天空阴阴的，有点暗，下着小雨。她打着伞，出学校，上后山。后山有一条小路，可以抵达市体校的篮球训练基地。在那里，有一个叫张小博的男孩在参加集训，备战暑假的省高校篮球赛。

而背着装有热咖啡的小背包的姑娘，是张小博青梅竹马的女友，姓韩，叫韩琳。

两个小时后，她的尸体被人发现。她那赤裸着的身体，被雨水冲洗得很干净。脖子上紫色的掐痕，像是无瑕的胴体上戴着的项链。她的衣裤被凶手随意地扔在了旁边，小背包被打开了，里面放着的保温杯拧开了。保温杯盛着的液体，消失在这场雨中。所以，对于这个叫韩琳的姑娘而言，她于这人世间第一次也是最后一次亲手磨出的咖啡，味道如何？成了一个谜。

唯一品尝过的人，是夺走了如花年岁的她的生命的那名凶手。

景海峰在第二天去往韩琳家，跟着他一起去的，是他带的两个徒弟——谷宇和李淳。一个是警校刚毕业，另一个是海阳大学心理学专业高才生，当时当成特殊人才引进。那些天里，景海峰一下领了俩徒弟，就挺快乐，他说："你们这俩小子，算是一文一武。"

七年前的那个上午，给他们开门的，是韩琳那只有十七岁的妹妹韩璐。小姑娘脸上挂着眼泪，一双小手脏兮兮的，都是油污。景海峰说明身份，接着就问十七岁的韩璐："你这是在干吗呢？怎么弄这么脏？"

十七岁的韩璐说："我在做饭。妈妈心里难过，坐那儿两天没动了。"

实际上，她妈妈在两个月后，也就再也无法动弹了。失去女儿的悲痛，令她那本就瘦弱的身体，永远地倒在了那年秋天。

和受害者家属的问询非常简单，也不需要三个警力。这时，景海峰接了个电话，是110指挥中心打过来的，说附近有人报警，很小的事。花子街派出所的人那一会儿抽不出人手，指挥中心的刘科和景海峰是好朋友，知道他这天下午在花子街，所以就让同事给他打了个电话，要他去看看。

景海峰留下了李淳，带走了谷宇。这一去，他的人生就此画上句点。

自此，因为失去某一个家人，导致整个家庭都随之崩塌的两个人——景哲与韩璐的残缺人生故事，同时拉开了帷幕。

也就是说，在冥冥之中，我与韩璐之间，有着一条最初我们并不知晓的线。

我们一直相连……

李淳没有坐下，他靠着墙，点燃了一支烟。薛局白了他一眼，说："胡政委在大会小会上反复强调，不要把公安局熏得跟个土地庙似的，你们这些臭小子，听不进去的吗？"

李淳咧嘴乐："那么，薛局，你要不要也来一根？"

薛局没搭理他。

在他们说这话的时间里，审讯室的门开了，那名穿着西装的中年男人再次被带了进来。

和我预料的完全一样，他进门后就抬头，望向了挂着钟的那面墙。他愣了一下，但紧接着，他嘴角开始上扬，露出一个不易察觉的微笑。他那戴着手铐的有点生硬的身体，好像一下就放松了一般。

他走向审讯台，坐了进去。

"我可以喝杯水吗？"他问道。

"可以。"负责审讯的刑警点头。

"可以给我加点冰吗？"他再次提出要求。

刑警白了他一眼："加了冰，你就能老实交代吗？"

他耸肩："无可奉告。"

于是，刑警倒了杯水，也并没有给他加冰，放到了审讯台上。

他端起，浅浅地抿了一口。接着，他扭过头来，朝我们坐着的方向望了过来。

"你们应该能看到我，也能听见我说话吧？"他的声音从我们这个隔间的小音箱里清晰传了出来。

"羁押我，快四十八小时了，一直都审得很轻松吧？不过，此时此刻，我妹妹应该带着律师，在你们市局大厅里，默默等候着。她是那种做什么事都不会提前让人知晓的人。所以，她也绝对不会提前让你们知晓，你们即将要面对的是多么麻烦的后果。我想，她应该正盯着手表，耐心地等待着你们超时。然后，她会先针对你们对我的非法羁押进行正式投诉。如果这个非法羁押的投诉没用，也没关系，因为四十八小时，是你们的权限。一旦超时……那就是你们犯规了。你们不是遵循法律吗？讲究规章制度吗？那么，哪怕是超了一分钟，也是违规，就要受到惩罚。我们这些热心市民，有监督你们的执法权的权利。"

他又端起水杯浅抿了一口："另外，我也很荣幸，能够让这审讯室里换来换去三四拨的警察同志陪了我这么久。我这两天在小黑屋的木凳子上没睡好，你们倒是应该睡得挺好的吧？说实话，陪你们玩，没什么意思。你们咋咋呼呼那一套，对于我来说，都像是在看几个小孩子在大人面前卖弄着的小聪明。当然，也包括此刻在这审讯室里，动上了的一点点手段。我想，提出这个建议的警察同志，应该翻过几本心理学相关的书吧？市面上流行的那种FBI微表情之类的书少看一点，那上面的知识都特别虚，属于方法论的范畴。实际上，成年人的世界是非常复杂的，不是说你换了两块电池，就能够收获到你们臆想的因果论里的果。这只会让我对你们愚蠢的程度，有进一步的刷新。"

他举起水杯，一口喝尽："好了，说这么多，也算给足你们面子了。现在……嗯，报告警官，我喝多了，又要去上厕所了。另外，我建议你们去楼下看看，会不会有一位长得挺好看的姑娘，领着一个穿西装的律师，在不时看表。她，就是我的妹妹——观察者心理咨询中心的筱舒医生。而我，筱涵……嗯，我的职业你们也是知道的，从业快十年的心理咨询师。"说完这些话，他扭头，不再望向玻璃这边，"警官，领我去厕所吧！"

我们这边坐着的四个人，被他这出乎意料的数落给说得一下没反应过来。半晌，李淳冲薛局探头："老大，他刚才说人愚蠢的时候，好像是直勾勾盯着你啊。"

薛局骂："你这小兔崽子，在我面前这么贫嘴，到别的局领导跟前，怎么就老实得跟个孙子似的呢？"

李淳笑，伸手拉门："还不是因为您老没什么架子，平易近人吗？得，我现在就下楼去办事大厅里看看，有没有这个叫筱涵的老狐狸说的美女。"

薛局点头。

李淳又扭头冲我招手："景哲，来，跟我一起下去吧，哥带你在分局里楼上楼下熟悉一下。"

薛局打断他："李淳，我警告你，你整天叫这个'老大'，唤那个'老哥'。满口的社会人口头语，别污染了人家景哲。"

李淳忙说："是！我尽量。"他看我已经站起跟上了他后，又冲我笑了笑，小声道，"其实，这也都是你爸教的。"

我没接话，默默地跟在他身后。说实话，我对李淳有着一种莫名其妙的亲切感。我想，这也是因为我父亲的缘故，而他，是我父亲的徒弟。就算是在现在这个年代，警队里还是沿用着一带一的土办法。新刑警要被指派一个师父，师父会像父亲带儿子一样，手把手教徒弟怎么做一个警察。也就是说，我和李淳，有一种类似于兄弟一般的关系。

同样的，谷宇和我之间，也有着这层关系。其实，在这个警队里，会全心全意对我好，且我也不用设防的人，两个人吧！李淳……以及谷宇。

但，谷宇……

李淳自然不知晓我的小小心思。他的步子也很快，但和谷宇又不一样。谷宇的步子快，落下去重，很踏实的感觉，可这一同时，又让人不自觉地被他带入那种沉重之中。

而李淳的步子轻快，让人觉着就是跟着一个中学同学，要去球场，要去食堂，要去做一件必须做但是又能轻易达成的事。

我想，如果要我选择，我还是希望自己能成为一个李淳一样的警察。尽管，我的性格，我的阴暗心思，很可能令我只能呈现出谷宇的稳重。

2．骡的痛苦之城

市局的大厅，和刑警队不在同一栋楼，所以我们要穿过停车场。这时，李淳的电话响了，他接电话，"嗯"了几声，挂掉。接着，他扭头看了我一眼，这一眼，看得好像还挺仔细，将我上下打量了一番。末了，他说："景哲，你过得挺拮据吧？"

我愣了一下，紧接着毫不犹豫地反驳："还好。"我知道他为什么这么发问，实际上，我这么一个靠奖学金过日子，还要和韩璐一起还助学贷款的穷小子，被人看出来，也很正常。

所幸我并不在乎，我也不想补充一两句什么说辞，来修复我在对方心中的形象。实际上，如果李淳是一个看重身边人社会地位高低的势利眼，那么，我也没兴趣和他有更深的交道。

谁知道他回过头后，自顾自地说了一句："谷宇那时候也和你差不多，还是师父给他买了两套新衣服。"

他继续大步往前："师父走了七年了，我和谷宇有时候一起聊天，就说了，如果师父没有走，我们俩现在关系可能还没这么要好。再看看局里其他人跟师父，跟徒弟的关系，因为一些鸡毛蒜皮的破事，闹得很不好看的，大把。所以，我们得出一个结论，师父给我们的，恰到好处，够我们从警的人生完全受益。多一分，或者少一分，这种微妙关系，也都不会如此浓烈。"

他如此这般说着，可不争气的我听到后，不由自主想的却是韩璐。我猛地意识到，李淳说的这种恰到好处，似乎也正是我与韩璐的你侬我侬。如果，我们的人生继续往后，那么，我们避免不了分歧，避免不了争吵。然后，我们的这种爱，注定了会在那些琐碎事儿中被一点点地磨去。同样的，父亲对我，也是如此。

我没有选择接李淳的话，努力扬起嘴角，笑了笑。此刻，距离韩璐被人杀死，只过了一百多个小时。

我们很快就到了市局的办事大厅，因为已经晚上十一点多，大厅里很冷清，只有两个值班民警守着。果然，我们在来访者休息区看到了一个穿着西装，抱着个公文包的老男人。见我们看他，他抬手，看了下表。这时，他的手机响了，他抬手接听，"嗯嗯"了两声，然后快步走出了办事大厅。李淳便走到值班民警跟前，问："刚才那家伙是干吗的？"

民警说："谁知道呢，或许是哪个被你们逮了的不法分子的家属吧？"

"他一个人吗？"李淳又问。

"之前还有一个挺好看的女人，不过已经走了有一会儿了。"

李淳点头，说："嗯，可能真是我们要找的人。"

就在这时，一个外卖小哥从外面急急忙忙跑了进来，他手里拿了个信封，大声嚷嚷着："刑警队的人在不在？我找你们刑警队的领导。"

小哥看上去也就二十岁，可能二十还不到。李淳就冲他喊话了："有什么事吗？"

外卖小哥说："有人要我送这个过来。"说完，他将手里的信封对着地上一扔，转身就跑了。

大家也都没回过神来，不知道他这是上演的什么戏码。李淳就扭头冲我笑，说："等你穿上警服后，会发现，每天都能遇到奇葩的人和奇葩的事。久了，就见怪不怪了。"

末了，他又补上一句："你爸以前也是这样给我们说的。"

说话间，值班民警上前，捡起了那个信封，递给李淳："喏，给你们刑警队的感谢信吧。上一次我们市局收到这种信封，是治安大队那边帮一个大爷找到了丢了的小狗，人家亲手写的感谢信。"

李淳笑了："那可能送错了，我们刑警队可不帮人找猫找狗。"他一边说着，一边撕开了信封，并从里面抽出一张折叠着的纸。他将纸摊开，看上面的文字，脸上挂着的笑，突然僵硬。紧接着，他转身，说："走，我们上去。"

身后的民警嚷嚷道："怎么了？"

李淳愣了一下，转身："赶紧去追上那个外卖小哥，问他这个信是谁给的。"说完这话，他领着我朝刑警队的楼快步跑去。

我一头雾水，跟在他身后。他也没和我说话，直接上到了四楼，恰好看到薛局和谷宇站在走廊上抽烟。薛局问："看到嫌犯说的人了没有？"

李淳说："应该是有，但已经走了。不过，楼下收到了这个。"说完，他将手里的那封信递了过去。薛局接了，谷宇也探头过去，看那纸上的文字。他俩的眉头也都一下皱了起来。我的好奇心更是被挑起了，但我没有吱声，毕竟此刻的我，并没有真的成为他们中间的一员。

可没想到的是，薛局却将手里的纸朝我递了过来。我犹豫了："我也可以看？"

薛局说："这上面写得跟个谜语故事似的，有啥不给看的？"

我接过，上面是打印出来的几行文字。

通过我，进入痛苦之城，有悬挂着的愧疚者。

通过我，进入永世凄苦之深渊，看赤裸着的女孩。

通过我，进入万劫不复之人群，他，走出生门。

空了一行后……

2017年2月27日，中侨大厦1705房间。

2017年3月21日，职业技术学院后山。

2017年4月6日，他，将重返人间。

下面的落款：骔。

"这、这里面说的赤裸着的女孩，是……是韩璐吗？"我小心翼翼地发问。

"应该是。"薛局抬手，吸了一口烟，"谷宇，给城区派出所打个电话，中侨大厦就在他们对面。让他们叫两个同事去中侨大厦的这个1705房间看下。"

"这里面说的中侨大厦，就是前段时间新闻里提到的那个？"我再次发问。

谷宇点头。

一旁的李淳嘀咕道："他，将重返人间？什么意思？4月6日，还剩小半个月，给我们倒计时吗？"

3. 一段等待死亡的人生

中侨大厦建于20世纪80年代，当时号称省内第一高楼，有二十四层，且装了电梯。据说刚投入使用时，海阳市的小百姓们，都还没见过电梯。于是，大厦就收起了门票，拿着票可以进去，完成人生中的一项"坐了次电梯"的成就。坐电梯的人都连连称赞，说："真的很快。"还说，"坐这玩意儿，就是有点头晕，偶尔坐一次还可以，天天坐，那得要人命。"

于是，中侨大厦顺理成章成了80年代末90年代初，海阳市最热闹的地方。当时最早的夜总会，最早的KTV，也都在这栋楼里。几年后，新城区大肆扩建，城市升级。位于老旧城区里的中侨大厦，也就快速冷却下来。到2008年市政府也搬到新城区后，那一片越发冷清。而中侨大厦的老板，又因为一些经济上的纠纷进了监狱。中侨大厦抵押给了银行。拍卖了好几次，无人问津。

不过，在上个月，这中侨大厦上了次新闻。因为早已断水断电，所以，这黑乎乎且庞大的建筑在老旧低矮的老城区里，显得特别突兀，甚至有点阴森。有几天，附近的人一抬头，却意外发现在大厦高层，亮起了灯。要知道，就算是流浪汉住了进去，也一般只是在一楼或者二楼三楼张罗个小窝。大厦没水没电，要爬上十几楼，可是很麻烦的。

附近的居民就拍了照，发了朋友圈和微博。可就在有好事的说要上去看看时，那灯也就灭了。于是，某些老人编织的都市里的神鬼故事，又重新来了一波，无非是说中侨大厦里曾经死了什么人，冤魂不散之类的老套剧情。大家都听腻了，也就没人再理会这事了。

出门追外卖小哥的民警，很快就给李淳回了电话，说那外卖小哥脑子也不是很好使的那种。骑着电动车，穿过小巷。漆黑中一个男人戴着口罩，给了他一百块钱，要他把这信封送到市局，说完就走了。小哥两百度近视，还不戴眼镜。每天能够穿梭于车流里全身而退，靠的是运气，大晚上的自然没看清楚对方的模样。

李淳接完这个电话，说："也算意料之中吧。"

说完，他就拿着开水壶，给大家面前的碗里倒水。那一会儿，我们这四个人，都坐进了薛局的办公室。十一点多了，都饿了，正在泡面。

大家也都有聊天，基本上都是他们有一搭没一搭地询问我在学校里的一些事，以及告诉我这两天要准备一些什么资料。其实，我很想打听韩璐案件里的各种细节，但我也一直忍住，没有开口，毕竟此时此刻的自己什么都不算，能够进入这起案件的侦破，已经算很幸运了。

可能是因为薛局亲自放话的缘故，派出所派去中侨大厦的同志们，很快就回了电话过来。他们回给了谷宇，没说几句话就挂了。但谷宇的脸色却变了，放下手机，端起面前的方便面碗，将里面的面和面汤快速喝完："中侨大厦1705房间里，发现一具男尸，初步认定为自杀。派出所的同志，已经通知了法医过去，问我们刑警队要不要也过去看看。"

薛局也愣了一下，然后点头："那你和李淳过去吧，嗯，带上景哲。"

李淳看了我一眼，见我还在吃面，就说："行了，别吃了。你是新人，出这种现场之前，少吃点，免得一会儿难受。"

薛局也笑了："景哲运气真好，刚进来，就能开始过三关。"

"什么三关？"我问道。

李淳说："第一关，见死人。而且吧，你这运气爆棚，不出意外，你今天见的，应该还是不新鲜的死人。"

一个多小时后，趴在中侨大厦十七楼的角落里，吐得昏天暗地的我，才算明白了他们说这话的缘由。空气中弥漫着的气味，刷新了我对自己能够承受的恶臭的认知。李淳告诉我："这就是尸臭。而且，人的尸体腐烂散发出的臭味，比其他任何生物腐烂后的臭味，都要难闻。"

我没法搭话，实际上在我鼻腔里充斥着的味道，并不是此刻我脑子里最为关心的。几分钟前，被蚊蝇蛆虫簇拥着的那一团黑乎乎的人体，已经像是一个定格好的图片，持续占据了我的世界。

谷宇没和我们在一起，他一直在现场转。末了，又在讲电话，应该是和局里的同事说话。他努力把声音压低，可因为废弃大楼太过安静，所以在场的所有人，也都可以依稀分辨出他是在和薛局通电话。

他挂了电话后，就走到了我们身边。他递了瓶水给我："景哲，有个任务，可能只有你能够胜任。"

我扭头："什么任务？"

谷宇犹豫了一下："景哲，你答应加入我们警队，只是因为你女朋友遭遇不测吗？"

我不看他了，抬头去看外面黑色的夜空。

我沉默了一会儿，叹了口气："我小时候住在政法系统家属院，那时候，我们有很大一帮公检法的孩子。放学后，我们就聚在一起疯跑。我们也都很乖，没闯过祸，因为我们都打小就认为我们是警察、法官或者检察官的孩子，是不能犯错的。唯独一次，是我们十几个孩子，和电影公司家属院的孩子打了场架。只是因为，他们说了句警察都是吃干饭的。"

我苦笑道："其实，我本来就是这个世界里的一员。只不过，因为我父亲的意外离世，我走开了。此时此刻，我能够回来。那么，你们觉得我愿意还是不愿意呢？"

"并且……"我望向谷宇，"并且，我还有我自己觉得自己应该要做的事情，让犯错者受到惩罚，让作恶者付出代价。"

谷宇并不知道我这话的意思，他点了点头。然后扯了扯李淳，李淳会意。跟着他走到了旁边。他俩压低声音在说话。其间，李淳回过头来看了我两眼。

到他们再过来时，似乎已经达成了某种共识。也是因为我父亲这层关系的缘故，我对他们避开我所做出的某个决定，并不会往坏处去想。哪怕，做出这个决定的当事人里，有我想要用自己的方法惩罚的人。

谷宇还是一副不苟言笑的模样，认真说道："景哲，今天晚上，我也一直没跟你说过这个案子的任何细节。当然，你也没问。警队有纪律，你现在还没有真正披上警服，所以，我们也并不方便跟你说。不过，这个案子的发展，有点超出了我们的认知，给人感觉，像是有一个对手，在与我们直面。今晚你见过的嫌犯，就是那个叫筱涵的老男人，在案发的时间段的监控里，进出过那座后山。"

说到这，他看了李淳一眼。李淳冲他点了下头。

李淳接话道："如果只是因为筱涵到过现场，我们就认定他是凶手，这个确实有点武断。但他被我们带回来问询时的态度与表现，任我们任何一个刑侦人员来看，都能看出他与案子脱不了干系。这几天我在外地出差，回来后才翻了下卷宗。结果，你猜我发现了什么？"他脸上又开始挂上了笑，黑暗中显得有些微光，"七年前，我和谷宇因为同样的职业技术学院后山的案件，去过这个韩璐的家。那天，谷宇跟着师父先走了。他们走了后，我做完记录，和那小姑娘还多聊了几句。当时，有心理咨询机构跟我们市局有合作，可以免费为我们认为需要心理辅导的市民提供帮助。我当时觉得韩璐，以及韩璐的妈妈的精神状态因为姐姐的事很糟糕，所以，我留了合作机构的电话和地址给她。后来跟踪受害人家属情况时，我听韩璐说，她妈妈没去，但她自己去过，还去了三次。"他顿了顿，"那个机构，就叫观察者心理咨询中心，目前这起案件的嫌犯筱涵从业的单位。"

我默默听，没插话。从介入这个案件的第一分钟开始，我的心就好像被一只手牢牢攥紧，不曾松开。当案件中的更多信息被我得知的同时，这只攥紧我心脏的手的力度，都在加强。我知道，或许这就是一个男人真正走向成熟的历练。又或者应该说，是我即将成为一名人民警察所注定要经历的考验。

我面无表情地看着他们，等待着他们说出那所谓的任务。可没想到的是，再次接话的谷宇说出的事，居然让我差点崩溃。那一瞬间，我开始自责，懊恼。我开始意识到，我与韩璐在一起的几年里，我压根就没有真正走进过她的世界。我甚至一直以来，把她那一句"我是没有未来的人"的话语，当成一个玩笑。

谷宇继续说道："我们在七年前的韩琳的尸体旁，发现了一个被拧开的咖啡杯，里面的咖啡，应该是被凶手喝掉了。而这次，我们在死去的韩璐的遗物里，也发现了一个咖啡杯，但这次的咖啡杯，并没有人将之拧开。我们法医那边有个同事，对气味比较敏感，他觉得那杯咖啡有点问题。所以，他将咖啡进行了鉴定。"

谷宇耸了耸肩："鉴定结果是，咖啡里放了氰化物，剧毒。也就是说……"他看了我一眼，"也就是说，韩璐选择在后山出现，或许，打一开始就是在等杀死过她姐姐的凶犯再次出现。然后，这个凶手如果像七年前一样，打开了她的背包，发现了这一杯咖啡。再像七年前一样喝下咖啡的话，那他就会立刻中毒死去。"

"遗憾的是，夺走她生命的人，并没有喝这杯咖啡，甚至连她的背包也没有打开。"谷宇最后这么说道。

我蹲了下去，用双手捂住了颜面。我羞于在人前展示自己的脆弱，但没有人真能控制住自己的情绪，尤其是大喜大悲的事。我开始抽泣，肩膀耸动，眼泪溢出我捂着脸的手指的指缝。

我第二次见韩璐，是在我们社科学院的一节公开课上。那天，是公安大学过来的一位犯罪心理学领域赫赫有名的教授，课题是《杀人犯的犯罪现场情结》。按理说，这节课应该是安排在警校，可教授对自己的身份有着某种认知上的坚持，只愿意进入大学校园里讲课。所以，那天就是公开课，因为警校那边也过来了不少学生。可实际上，我们自己学校里的心理学专业的学生去的并不多。

我自然是去了的。然后，我在那学生密密麻麻的阶梯教室里，一眼就看到了韩璐。同时，她居然也在一群挤进去的学生中一眼就看到了我。

我想，冥冥中，有着一双手，是操控着人与人的缘分的。要不，我们怎么会那么默契呢？

她冲我招手，要我挤在她旁边坐着。那天她身上没有汗味，替代的是一种让人慌乱的淡淡香味。也或许，这香味只有我能闻到。

那天，教授告诉我们，杀过人的凶徒，会对自己杀人的现场有着一种情结。只要有机会，他就会选择回去，在那里感受自己曾经杀戮时的兴奋。

我想，这一席话，被韩璐听进去了，所以，才有了她背着包去往她姐姐被害的地方晨跑的若干个早晨。

换言之，她在用着一种类似献祭一般的方式，酝酿着一场自己与凶手的相遇。而她的计划里，自己被伤害的过程中，对方一定会像打开她姐姐的背包时一样，发现那个似曾相识的咖啡杯。然后，对方会一饮而尽。

所以，我其实一直没有走近过她。我一度以为自己对她多么熟悉，她的每一寸肌肤都被我触碰，她的每一片肌肉，都被我揉捏。可是，躯壳里的人的脑子里想着的是什么，我却从未洞悉。如果我多花一点心思，尝试去深挖她内心深处的秘密，或许，结果就大相径庭。可惜的是，我整天脑子里装着的是要用我的所学，去让一个或许本就没有犯错的人付出代价。

好吧，如果我能够洞悉韩璐的心思，我会告诉她，教授说的那种会去到现场的凶手，是具备着嗜血基因的连环杀人犯。他们对于杀戮，有着无法控制的向往。于是，他们才会回到犯罪现场。而她姐姐——韩琳的遇害，很有可能只是某个有着卑劣品性的人，机缘巧合下的随机作案。

谷宇和李淳静静地看着我，没有说话。几分钟后，我停止了抽泣，用袖子将眼泪擦去。我站起来，看他们。我努力让自己没那么狼狈，就好似不曾哭过一样。

"那么，你说的要我做的任务是什么呢？"我沉声说道。

谷宇看了李淳一眼，李淳点了点头。谷宇说："韩璐案的嫌犯，现在已经结束了他四十八小时的羁押，办了手续，放了。明天，他就会回到观察者心理咨询中心继续上班。而此时这中侨大厦里上吊的男尸，初步判定是自杀。不过，他的名字……嗯，他叫麻虎，你这年纪，应该听说过他吧？"

我点头。

第三章　有精神科医师证的心理师

1．中侨大厦上的悬挂者

麻虎……

20世纪90年代初，海阳市发生了十几起男童被拐案。被拐男童一般都是四岁左右，上街玩耍，遇到一名高瘦男子，男子以带他去看熊猫为由，将孩子抱走。在那个年代，公安系统用于城市监控的天网工程还没启动，街上也没有几个摄像头。再加上，犯罪分子明显有着非常强的反侦查意识，每一个线索挖下去，总是没有结果。所以，尽管海阳公安系统消耗了大量人力物力，也只是通过一些见到过该嫌犯的街坊，绘制出了一张他的画像。

案件最终成功侦破，过程非常戏剧化。这个叫麻虎的家伙，某天喝了点小酒，去郊区找暗娼。完事后，他扯着人家聊天，说些要人家从良的话语。暗娼就应付他的建议，实际上暗娼听这种话，听得特多。每一个男人偷腥后抹完嘴，都想装成这么个人五人六的样子。

暗娟就问："我不做这个，喝西北风去吗？"

麻虎说："我这儿正好有个事，需要个女人帮手，负责带孩子。你如果跟着我，这事就你来干，每个月我都给你一千块钱。之后，我们处得来，我还可以跟你扯了证。那么，我做这孩子买卖赚到的钱，就全是你的了。"

他这话说得含糊，一般人听不明白。可刚巧这暗娟有个表姐，是这起系列拐卖案被拐男童的家人。表姐丢了儿子后，失魂落魄，整天以泪洗面。

暗娟心里就咯噔了一下。她想了想，然后说话声变得温柔了不少，还黏在这个男人身上，让他精疲力尽。末了，男人说："不行，我在你这睡一会儿吧。"

暗娟静静等他睡着，然后出门。她到公用电话亭，按了报案电话。她说："我可能帮你们找到那个拐孩子的坏人了。"

接线员连忙问询她的位置，她说了电话亭的位置。接线员说："我们最近的同事，五分钟内就会赶过去。"

暗娟说："好，我就在这儿等你。"

接线员再问："报案人……嗯，也就是你的姓名和职业，请说下。"

暗娟犹豫了一下："我……我是一个妓女而已。"说完，她挂了线，站在冷风中点上了一支烟，等着警察的来到。

首先赶过去的，是辖区民警，迅速在现场进行了布控。专案组的人，也就晚了十分钟就到了。专案组组长，是当时省厅过来坐镇的一个领导。副组长两个，一个叫薛去尘，也就是现在的薛局，另一个是号称市局第一武力值的老景——我的父亲景海峰。

抓捕非常顺利。

麻虎到案后，市局第一时间召开了新闻发布会，面向社会，进行了案情通告。因为儿童拐卖案的社会影响极其恶劣，也是最容易令各种谣言开始泛滥的案件类型。所以，市局才决定，公开该案件的一些情况，让人民群众安心。

至于那名暗娼的处理结果，是拘留七天，但没有执行。

抓获了麻虎后，审讯却是个大问题。这家伙是个三进宫，避重就轻，问一句答一句，非常狡猾。看到大量的证据后，他也知道自己不可能逍遥法外了。拐卖儿童是重罪，三名以上就可以定性为情节非常严重。再加上他在短期内作案十余起，造成的社会影响是极其恶劣的。所以，他被处以极刑，算是板上钉钉。麻虎自己也知道。所以到最后，他也就不顽抗了，索性和警方提出，要用重大立功，来换取自己的性命。

而他所说的立功，不过是配合警方，寻找回被他拐的男童。

这是一个完全无法令人接受的交易。但检方甚至法院都提前介入进来，在市局开了两次碰头会议。最终，答应了他的要求。

在帮助寻回了五名男童后，麻虎坐在审讯室里，阴阳怪气地说道："我咧，已经表现了足够的诚意了。那么你们咧，也不能不做事啊。我的流程咧，也得开始走起来了啊！早点判了，让我咧，知道自己最终的归属，也方便我记起更多的孩子线索咯。"他说话尾音特别奇怪，好像是战胜了司法后，非常得意，故意如此。

他被判处无期徒刑，送入了石山监狱。在之后，他陆续又交代了三个孩子的下落。但还有四个孩子，他始终宣称自己已经记不清了。

我之所以对这起案件了解这么多，是因为办案人员就是我爸景海峰。而麻虎案，也是我爸心中一道无法愈合的伤口。

老景说了这么一段话："没找到的那四个孩子，我们希望他们确实是被麻虎卖了，也希望真如他所说的，是记不清了。我们不愿意去揣测那四个孩子，在一个麻虎这样完全没有人性的家伙手里究竟会经历什么。更不敢去怀疑，那四个孩子是否遭遇不测。"

警察，最怕遇到的，不是复杂与侦破难度大的案件。怕的，是遇到当事人是学龄前儿童的案件。

因为每每遇到，心都会滴血。

谷宇继续道："麻虎是在去年年底刑满释放的，五十多岁的人了，有没有真正想要开始重新做人，没人深究过。刚才我打电话给他所住的街道派出所，说他有回派出所报到。他还主动询问派出所那边，有没有一些帮助他们这些刑满释放人员回归社会的机构。派出所的同志就给了他一个社工组织的电话，让他自己联系。"谷宇顿了一下，"而这个社工组织的负责人，叫筱舒，也就是……也就是我们抓回来的这个叫筱涵的家伙今天提到的，要来我们市局兴师问罪的那个妹妹。"

李淳插了一句："嗯，这个筱舒还有一个身份，她是观察者心理咨询中心的合伙人。"

我也大概领会了一些他们的意思，尝试性地开始参与他们的讨论："也就是说，在我们今天发现的这张纸条上写着的悬挂者，"我指了指旁边法医忙碌的现场，"以及一周前遭遇不测的韩璐，他们都有去过同一家心理咨询中心，且在这个心理咨询中心接受过心理辅导，或者接受过心理干预。"

谷宇点头："是的。"

"那么，我可以做什么呢？"

谷宇说："景哲，我们了解到，观察者有招心理师。所以，我们希望你能够去应聘。然后，走入这个筱涵的世界，看看能不能挖出一些有效的证据。同时，你也可以会一会那个叫筱舒的女人，我有种预感，她可能与这一切有着某种关联。"

李淳脸上也没有挂着笑了，正色道："景哲，我听谷宇科普过，斯金纳开创的新行为主义，有着神奇的魔力。行为操控，在一些自身出现心理问题的人身上，本来就有着很强的效果。麻虎的死，或许，背后也有着某种原因，是我们尚不知晓的。"

　　我算是听明白他们的意思了。我苦笑，耸了耸肩："你们这计划，真的有点老套。不过……"我看了一眼谷宇，又看了看李淳，"不过，我本来也应该开始找工作了，去观察者试试运气，未尝不可。"

　　李淳也笑了，连忙说道："你放心，你的资料我明天就开始提交。上面的领导都盯着的事，应该流程走起来会很快。弄不好你在那边实习了半个月，这边你的辅警制服就已经给你准备好了。"

　　我点头："行吧。"

　　谷宇在一旁喃喃道："半个月，嗯，半个月后，正好是那封信里面说的他来到的日子。"

　　所以，距离"他，再次来到"，还剩十四天。

2. 穿宽松毛衣的女人

　　谷宇安排现场的一个派出所民警开车送我提前回了家。在楼下，马路边，我站了有十几分钟。我并不抽烟，如果我有这习惯的话，我想，此刻的我应该可以用尼古丁，令这些日子后逐渐迷乱的自己，稍微平复一些。我转身，面向街道。看着这路灯下的世界，熟悉又亲切。只不过，之前在这世界里，跟在我身旁的傻姑娘，已经不在人世了。

　　攥着我心脏的那只手，再次来到。我看了那么多心理学方面的书籍，明白那么多如何令自己走出低谷的道理。于是，我反反复复告诉自己，人生中遇到的打击，得直面，得让它成为一个又一个的过去式。

但，谁又能真正做到呢？

我叹了口气，韩璐走了，她是一个没有未来的人。所以，在我的世界里，这个没有未来的人，注定了最终会消失不见。

我并没有失眠，因为我对我未来要做的事情，一直都很有计划，目的也清晰。这样，我就不会在睡前胡思乱想，也不会为一些莫名其妙的念头所动。况且，焦虑有很多时候都是对未来会发生的事情产生担忧。

我对未来并不担忧，因为我知道自己未来要做的是什么。所以，我的心理世界，其实一直算是比较安静的。

以前，看书，看电影，里面总会有那么一个脑子里装了一个非常大且可怕想法的人，过着规律的生活。他模样平凡，话语不多。我想，在有着我的这一面平行世界里，我就是这么一种人。

尽管前一晚，我晚睡了三个小时，但今早我还是八点就起来了。我住着的这个阁楼，洗手间特别小，冲凉并不是很方便。但这并不曾打乱我每天早上冲个冷水澡的习惯。然后，我泡了个面，坐在窗台前，边看手机边吃着我并不美味的早餐。我在求职APP里输入"观察者心理咨询"这几个字，却没有得到反馈。

我想了想，又在聊天软件里，再次输入，并按下搜索。弹在最上面的，是我们这一届研究生聊天群，里面居然出现好几次的匹配结果。

我点入，发现群里果然有人转发了观察者的招聘海报。我往下滑，看到有一位叫孙思琪的师姐在去年十二月份说起自己已经开始在观察者里工作。于是，我给她发了信息：思琪，你在观察者吗？那边怎么样？

放下手机，我又自嘲地笑了笑。因为我此刻的行为，对于一个需要为生计发愁的男人，其实还挺荒谬。实际上，我答应谷宇和李淳，自己要进入观察者从事心理咨询的工作的这件事，也是一个对于我来说并不现实的决定。因为心理咨询师在我们国内，并不是一个真正能被定义为职业的职业。很多人虽然当着看似光鲜的咨询师，其实并不是靠这个来养家糊口。换言之，我们这些心理学专业的毕业生，求职方向更多的是走进企业，从事人力资源或者培训激励等后勤岗位。纯粹的心理咨询师，在我们国内，还真不多。

那么，像孙思琪这种师姐，为什么会选择进入一家纯粹的心理咨询中心工作呢？

嗯，假如我没记错的话，她家有矿。

是真有矿。

孙思琪没有回我信息，这个点，对她这种衣食无忧的姑娘来说，或许正是睡觉的好时光。我又看了看群里面的那条观察者招聘的海报，自认为自己的条件绰绰有余。于是，我打开我那小小的衣柜。

紧接着，我又连忙将衣柜门用力合上。

我选择大口呼吸，让自己恢复平静。男孩的成长，不就是一个学会自我控制的过程吗？

半晌，我再次打开衣柜门，将韩璐的衣服挪开，我发现我的手指在触碰她的那一件件衣服时，有轻微的颤抖。最终，我拿下了我仅有的一套西装，再将衣柜门缓缓合上。

西装并不是我自己花钱买的，而是大四上学期我们校辩论队出省参加比赛时，辅导老师给我们定制的。拿回家那天，我穿戴好，站在韩璐面前。韩璐笑着说："还行，人模人样的。"又说，"等我们以后工作稳定了，你再多添一套浅色的。"

说到这，她的笑容变了，像是苦笑。末了，她喃喃自语般说道："真希望能够有未来啊。"

我苦笑，换上了她一度评价为能够让我"人模人样"的衬衣和西装，又将头发也梳了梳。这时，我的电话响了，是孙思琪给我回信息了。

"在啊，这边挺好的。怎么？你想过来看看？"

我回："是。"

孙思琪："什么时候来，大神要来，我得给舒姐说一声。"

她之所以说我是大神，是因为我专业成绩一直还不错，加上有老师喜欢挂在嘴边吹捧的缘故。

我："你说的舒姐是？"

孙思琪："我们中心的老大筱舒，每一个面试者都要过她一关。不过，我想，你应该会很喜欢她的。"

莫名的，我有了某种期待，对这一场与有可能杀死了韩璐的凶手提起过的女人的会面。

上午九点半，我走进了观察者心理咨询中心。临出门时，我给李淳发了个信息：

我现在去观察者面试，已经约好了他们中心的筱舒，也就是筱涵的妹妹。

李淳没回信息。我想，他们昨晚应该忙到很晚吧。

前台的姑娘给我倒了杯茶，说舒姐的房间里有来访者，还有十分钟结束，要我等等。

我点头，然后站在旁边，看墙上挂着的一些证书和相片。证书基本上都是这名叫筱舒的女人的，大部分是一些山寨机构发出来的。我嗤之以鼻，因为这些都没有什么实际意义，没有含金量。

然后就是和一些心理学领域有着些许成就的学者的合影，里面居然还包括我的老师柏然教授。在这些合影里，我也得以窥探到这个筱舒的模样。

她高挑，白皙，脖子很长。按理说，她的哥哥是那种骨架比较大的身形，她也应该瘦不到哪儿去才对。但从相片里看起来，她挺纤瘦。

我笑了笑，洞悉到了原因。相片里的这个叫作筱舒的女人，拍照时总会选择身体微微侧着。

就在这时，我站着的位置正对着的走廊尽头房间的门开了，一个穿着西装的男人对里面小声说了句什么，然后快步出来了。

是筱涵。

他也看到了我，并朝我走来。我并没有回避他的注视，待他走近，甚至冲他点了下头，说了句："你好。"

尽管，内心深处真实的我恨不得生撕了他。

他换了套西装，头发上抹了啫喱水，令他看起来更精神了。但也是因为距离近，我发现他脸上好像化了妆，有非常明显的粉底痕迹，尤其是在他眼袋位置特别明显。当然，这可以用他想要掩盖自己的黑眼圈来解释。但我还发现，他有文眉。

这是一个对自己衣着打扮非常讲究的男人，那么，这种人，会非常自恋。同时，他们会很在意外界对他的看法。

我有了小小的窃喜，如果说，在市局里竖起尖刺的他会是一个很难拿下的对手，那么，工作生活中一个自恋且急于让他人知晓他想要塑造的人设的家伙，就太容易被我看透识破了。

果然，他对我的问候也做出了回应。他点了下头，微微皱着的眉头松开了，让自己显出一副轻松的模样。他快步往前，出了咨询中心的门。

　　我没扭头看他，这时，走廊尽头那扇门再次开了。

　　我看到了筱舒，而她，也第一时间看到了我。

　　人世间，人与人的关系，其实非常奇妙。有着同样经历的两个同龄人，随俗世洪流漂着漂着，会聚拢，会黏在一起。他们一度以为，彼此密不可分。但俗世洪流并不在意你们的相依为命，而是肆无忌惮地将之生分。

　　这，就像是我和韩璐的故事。

　　人世间，又有些人，本是完全不同的世界的不同的人，也都随着俗世洪流，漂啊漂。在经历了完全不同的人生后，在某个转弯处，竟然会交汇，也会贴拢。俗世洪流说："好吧，既然你们本就不是一个世界的人，贴拢了，再分开也不会有什么所谓吧？"

　　但未曾料到的是，这偏偏又是一段我和筱舒的故事的开始。

　　只不过，当一切都没发生时，谁知道结果呢？

　　那天，她穿着一件浅色的宽大毛衣，深色小脚裤显得她的腿很长。她也确实不像照片里那么瘦。于是，紧身长裤令她有了一种成熟女人独有的丰满带来的性感。她探头，看外面，就看到了我。

　　她愣了一下，问："你就是景哲吧？"

我点头："我是。"

她挤出笑来，这时，我才发现，她的眉目间似乎透着心事。

"你进来吧。"筱舒说道。

她的房间不小，应该有五六十平方米。侧面是整片的落地玻璃，外面是中心公园，那里有大片的草地。

见我看窗户，筱舒就问了："是不是觉得很奇怪，一位心理师的工作间，为什么有这么大片接纳阳光的玻璃？"

我点头："来访者不会喜欢明亮的环境，阳光会让他们感觉自己的伤口被撕扯开，暴露在他人面前。他们并不希望自己是外人欣赏的病例。再说，很多来访者，本身是不愿意走进心理师的工作间的。不过，我留意到，筱舒老师，你的窗帘好像有两层，里面这一层是深色天鹅绒的。我想，在和来访者接触时，你应该会拉上窗帘吧？"

筱舒对我的回答比较满意，她抬手，示意我坐到沙发上，而她，选择在我侧面坐下。于是，我和她成九十度角相对。

嗯，她是一个很在意细节的人，这点和她哥哥筱涵一样。不过，筱涵在意的细节，是自己给予他人的感觉。而筱舒选择不坐在我正对面，避免上下级之间的压迫，也不选择坐我身旁，令我不至于拘谨。所以，我可以认为，她是一个在细节上很在意他人感受的人。

这是优秀心理师最为重要的一个职业素养。

　　她拿起了我放在茶几上的简历，象征性地翻了几下，然后说："思琪早上给我打了电话，说了你的情况。柏然老师的学生，自然是没问题的。不过，我想对你的家庭情况稍微做些了解。毕竟，从事我们这个职业，自身的心理健康很重要。"

　　她在这段话里特意将自己要了解对方家庭的原因进行了阐述。这更是证明了她的确在意他人感受。我想，如果我和她之间，是真实的面试者与领导的关系的话，我应该会很期待能与她共事的。

　　我嘴角往上，让自己显得乐观："我父亲早几年因公殉职了，母亲身体不太好，所以没和我一起住，在一家对她病情有帮助的福利院待着。"

　　"你父亲因公殉职？"筱舒打断了我，这不像是一个职业心理师在与人聊天时会做的事情。这一打断，也说明了她介意抑或是关心。我认为前者可能性要大一点。

　　"是。"我点头。或许，我在这个时候，需要编织个谎言，说父亲不过是个很普通的小市民。我也可以选择将这个问题搪塞过去，因为很多人不愿意和人聊起伤心的过往，我可以是其中一员。

　　不过，在我意识里，我父亲是伟大且令我骄傲的，我也不愿意有一丝遮蔽，将他的光芒盖住。

　　我话语声不大，镇定且坚决："我父亲叫景海峰，一名警察。"

“景海峰？”筱舒再一次打断了我，“七年前，被一名流浪汉推翻梯子，摔死的那位？”

我扭头看她：“你怎么知道的？”

接着，我看出了她有点惊讶，但很快，这一表情就被她收拢。她开始摆弄茶几上的茶具，给我倒茶。这一系列动作，我可以大胆地解读为——她在听到我父亲的名字后，内心有巨大波动，并尝试用一连贯的动作，掩盖自己内心的波动。

她将茶倒好，递到了我面前。她再一次拿起我的资料，翻了翻。接着，她笑了。

“真的很巧，一切都像编排好了的一样。”她扭头看我，继续说道，“我应该猜到才对，毕竟这海阳市里，姓景的人很少。知道吗？八年前，我第一次作为一名心理师接待的来访者，并不是那些付了钱的普通人，而是在市心理咨询协会和公检法的一次活动中遇到的人。我当时和你一样，刚毕业。”她看了一眼我的资料，“嗯，当时和你一样，两年研究生读完，脑子里装满了东西，却又对真实的社会人情世故完全陌生。要知道，那种状态下的新人匆匆忙忙接待来访者，并不是很好。所以，当时我们中心的老大，就让我作为义工，去了这个活动。没想到的是，公检法系统里的人，其实也很排斥接受心理干预。据说市局过来的十个人，都还是抽签决定的。而我那天接待的来访者，就是你的父亲——景海峰。”

我的心为之一动，但我没作声，默默听着她说话。谁知道，她说到这，就打住了。她看着我，似乎是在注意我的表情。末了，她或许是捕捉到了我对于她接下来的话语的期待神情，才缓缓继续道："景哲，你也是学心理学的。作为一名心理咨询师，来访者的内心世界里的一丝一毫，都不允许被透露给他人听的。除非，是和她的督导。"

她继续看着我："嗯。我看得出来，你挺期待知道一些你父亲在八年前脑子里的所思所想的。好吧，其中的有些问题，确实与你有关，但更多的，是他自己的一些对于是非对错的纠结。你真想知道，就努力吧。或者，到你成长为一位能够令我也心悦诚服的成熟心理师时，我选择让你成为我的督导，也不是没有可能。"

"不过……"她顿了顿，"你父亲并不是一个那么完美的人。他和满大街的普通老男人一样，有着属于他自己的喜怒悲伤，而且，这些属于他一个人的小小心思，啧啧！嗯，不能说了。"她笑了起来。

被她这段话语给强烈吸引住的我，在看到她最后的笑容后，猛然间意识到了什么。而也是这突然的发现，令我整个后背一凉。在心理师喜欢用的小伎俩里，有一个与人沟通相处时经常会用到的方法，叫作蔡格尼克效应，又叫蔡格尼克记忆效应。这个效应指人们对于尚未处理完的事情，是印象非常深刻，且很难忘记的。此刻的她，看似随意的话语，实际上却非常娴熟地埋下了一个悬念，且还为这个悬念设置好了开关，给出了能够解开这个悬念的方法。换言之，她在轻而易举之间，令她在我的世界里，变成了一个非常重要的人。因为这个悬念，关联着一个我最关心的人——我的父亲的某个秘密。

我选择了低头，我端起桌上的茶杯，浅浅喝了一口。放下茶杯时，我发现筱舒看着我，脸上表情似笑非笑。

她在观察我的细微动作，并通过我的细微动作进一步窥探我内心的所思所想。尤其是在她故意聊起的这个注定会令我思绪混乱的人的话题上。

我选择迎上了她的目光，非常平静地说道："筱舒老师，我想，如果这是你面对故人的儿子时不由自主提起的话题，我很抱歉，我的出现，令你缅怀，进而令你情绪不好了。反之，如果这是你故意选择的面试我的方式，那么，这个方式不太好。"

我耸肩："我希望得到一份工作，你需要一个新的雇员。我觉得，我们的聊天，仅此而已。"

筱舒听完，点头："那好吧，景哲，恭喜你，你的面试通过了。"她抬手看了下表，"对了，你会不会开车？我要去一趟海阳大学，约的人，正是柏然老师。"她微笑了。她在用这个微笑，令我俩的聊天气氛变得缓和。

"你是想要我做你司机吗？"我也并不会介意有更多的机会，与面前这位漂亮的女人进一步接触，"正好，我也要回学校去办点事。刚才在外面等你的时候，我还在寻思要坐哪辆公交车呢。能蹭到免费的，自然最好了。"

筱舒站起来，从书桌上拿起车钥匙递给我："你去车上等我吧，海A3024。我收拾一下就出来。"

我应了，转身出了门。前台小姑娘探头："面试过了吗？"

我微笑："嗯，还要给筱舒姐当司机。"

小姑娘也笑了："以前只有筱涵能当她司机，你这是殊荣啊。"

我点头，出门，找到了她的车，坐了进去。

我经常开柏然老师的车，这两年，老师去参加一些活动，也都是我当司机。老师的车不贵，二十万出头吧。而此刻我坐上的这台车，应该要七八十万吧？车内很整洁，还有香味。这香味挺熟悉的，是男士香水——柏然老师也有用这种香水。

结合刚才前台小姑娘的话语，我意识到，此刻我坐着的位置，应该经常是筱涵——也就是我的目标人物坐的位置。而这男士香水的气味，应该是来自他。

这时，筱舒拉开了旁边的车门上车："出发吧，我约了老师十一点。"

她顿了顿："柏然老师是我的督导。对于心理咨询师来说，督导，就是她的树洞。树洞，是收藏秘密的地方。所以，他也是收藏我的秘密的人。正如我是我哥筱涵的督导。于是，我就是他吐槽秘密的树洞。"她耸了耸肩，"一个注定要接受负面能量的人。"

我应了一声，没有接话……

她是筱涵的督导……

督导要聆听对方的秘密……

那么，我来之前他俩的接触，会不会就是一场吐露秘密的接待呢？那么，在这场接待中，承受了负面能量的筱舒，才会要迫不及待地去找属于她的督导——柏然老师。

或许，她也是韩璐的死亡真相的知情者。

第四章　图书馆自焚事件

1. 国王的驴耳朵

在很久很久以前，有一个国王，他长着一对驴耳朵。

整个王国里，没有人知道这个秘密，除了国王的御用理发师。理发师是一个很沉得住气的人，他给国王理了二十年头发了。这个秘密，他也憋了有整整二十年，一直到他因为隐藏这个秘密而患上了抑郁症。

他的朋友告诉他："如果你是因为有不可告人的秘密而不开心，那么，你可以走入森林，找一个树洞。你对着树洞说出你的秘密，这样，你就会好起来的。"

理发师便去了森林，找到了一个树洞。他对着树洞说："国王长着驴耳朵！国王长着驴耳朵！国王长着驴耳朵！"说完后，他果然很舒服，高高兴兴回了家。

后来，有位工匠，用这棵树的木头做了个笛子，笛子只要一吹响，就会发出"国王长着驴耳朵"的声音。于是，这个秘密变得不再是秘密。

童话故事的结尾，整个王国都因此知道了国王长着驴耳朵的秘密，国王也就不在乎了。从此，这个王国里，没有了秘密，大家都过得很开心。

只不过，这是其中一个版本的结尾而已。

我还看过另一个版本的结尾——国王下令，砍下了理发师的脑袋。

"藏不住秘密的人，就是这种下场。"国王很生气地说道。

是的，每一个心理咨询师都会有自己的督导。一般是他的老师，或者最亲近的人。因为心理咨询师每天接待那么多来访者，每一个来访者都有着某个逻辑自洽的执念。咨询师是一个需要学会聆听的职业，也就是说，每一个奇怪的想法与奇怪的信念，咨询师都要选择顺着对方的逻辑往下走一程，才能探究到来访者真实的深层问题。

久而久之，这些负面情绪就会对咨询师自己的情绪产生影响。比如他也会开始不断质疑——为什么自己的另一半要这么对自己呢？为什么男人（女人）都这么坏呢？这种质疑，本身并不是咨询师自己思维里有的，而是在工作过程中，被人不自觉地灌输进来的。

所以，他们也需要接受心理辅导。而给他们做心理辅导的人，就叫作心理督导。

　　我将车开出了观察者心理咨询中心所在的街区，往海阳大学驶去。筱舒坐在我旁边低头按着手机，应该是在和什么人聊天。

　　几分钟后，她舒了一口气，将手机面朝下放下。她开始扭头看我，我装作没注意，继续很认真地开着车。

　　"景哲，你认识韩璐吗？"她突然间问道。

　　我没吱声，继续望着前方。

　　"早上思琪给我打电话推荐你时，给我说了你的一些事。"她声音轻柔，缓缓继续。

　　我"嗯"了一声。

　　"你们在一起好多年了吧？"她又问道。

　　"四年。"

　　"嗯。"筱舒应了，接着是沉默。车厢里，因为"韩璐"两个字被人提起，气氛一下就沉重起来。

　　"筱舒老师，介意我开窗透透气吗？"

　　筱舒说："你以后还是叫我师姐吧，我也是柏然老师的学生。"

　　"嗯！"我只按开了我自己这边的车窗玻璃，让凉风吹进来了一些。此时此刻我的身体上有着一个尚未愈合的伤疤，就是韩璐。我一度想要回避，但最终我选择了直面，所以才走上了人生的另一条道路。既然选择了，便需要足够坚强，不能逃避。

"师姐！"我将车速放缓，扭头看了她一眼。她也正很认真地看着我。我开始意识到，她在观察我的动作，在留意我的表情。一个如她一般的职业心理咨询师，有着通过来访者的细节来分析对方内心的习惯。

我想，此刻我就是她在观察的来访者。

"我和韩璐在一起四年，我有想过要和她结婚，她不同意。她说，她是个没有未来的人。"我淡淡笑了笑，"没想到的是，她真没有未来。而我，之所以在她走后一周就出来找工作，是因为我知道，她不会希望我在她消失后的日子中颓废下去。我还会有未来，只是，我的未来里没有她了而已。"这是我这一周多来，第一次跟人聊韩璐，第一次聊我和她的故事。这些话语憋在我心里，到此刻说出来，舒坦了。

我摇了摇头："柏然老师跟我说过，生命中的坎，都必须跨过去，不能绕过去。对吗？师姐！"

筱舒没有第一时间回应。我瞟了她一眼，见她并没看我了。也就是说，她并没有在观察我的表情的细微变化。相反，她选择望向了车窗外。她抬手，将她那边的车窗放下，也由着寒风拂面。半响，她说："八年前，也就是我有幸和你父亲认识之前，我也和你一样，经历过一场爱人的离去。他叫穆政，2009年的海阳大学图书馆深夜焦尸事件，你有听说过吗？"

我点头："也只局限于听说过而已。说是一个研究生，有情感问题吧？想不开，深夜溜进了图书馆，用汽油自焚了。"

筱舒将副驾驶的座椅往后移了一点："那个人就是穆政，而故事里他情感问题里的姑娘，就是我。到现在，很多年过去了，我也不明白他为什么会突然那么脆弱，不过是一次小小的争吵，他怎么会那么冲动呢？难道……难道就因为……因为我给了他一个想法吗？"

她将座椅往后移到了头。这样，我就完全看不到她的表情了。她的声音继续着："所以，景哲，每个人都有伤心的过往，每个人也都能选择走出来。早上思琪给我说起你的时候，就说了你女友的事。再加上我和你爸算是故人，所以，我对你的接受程度非常高，感觉很亲切的那种。"

"况且……"她语调低了，"况且我和你的人生有着诸多相似之处，以后，你会慢慢发现的。不同的是这个过程中，我有个哥哥，一直陪伴着我。而你，身边没有人。"

"如果，你愿意的话，我可以成为那个人。"她这么说道。

我没有选择回复她的提议。这会儿的我只是觉得，这位叫筱舒的女人与我之间，似乎并没有太熟吧？就因为我和她都是柏然老师的学生，她就对我如此这般，不是很合理。

我并不知晓的是，其实筱舒和我……或者应该说，她与我的父亲景海峰之间的关联，竟然有二十三年之久。而她与韩璐之间的关联，更是一场扑朔迷离的局。

2．八年前的一个夜晚

我将车停到了柏然老师的办公室楼下。老师也知道我来了，说一会儿等他和筱舒聊完，再一起吃午饭。所以，在接下来的一个多小时里，我闲了下来。

我没有回研究生楼，因为我不想面对那些熟悉的面孔，毕竟韩璐离开的事，应该有不少人知道。与其说是我不知在他人面前该以什么模样与什么表情示人，不如说是我不想他们在面对我时，得苦心表现某种关心、某种安慰，以及做出诸多想要让我走出低谷的努力。

于是，我下车，往远处看。这时，那巨大的图书馆楼映入眼帘。关于筱舒过去的故事，在其间一度惨烈地发生过。我抬步，往那边走去。

筱舒的话，也在我耳边回放着。于是，我边走边拿出手机，给李淳发了个信息："能帮我查一下筱舒的家庭情况吗？"

这次，他很快回复了一段语音："她和她哥是单亲家庭，父亲是六中的老师，一个人养大了两个孩子。到筱舒上高中那会儿，他爸得脑癌走了。"看来，他对筱涵兄妹早就做了功课。

"那……"我也选择了发语音，"那她妈妈呢？"

一分钟后，李淳直接打了电话过来。我按下接听，就听见他直接说道："你听说过1994年市百货大楼疯子伤人事件吗？"

75

　　我回道："我爸给我说过，说当时那个伤人的姓张的疯子，是他和另外几个同志一起按地上的。还说，现场非常惨，有三个群众的脑袋被他砸开了花。"

　　"是的，我看过那个案子的卷宗，相片……"李淳顿了顿，"不扯远了，就直接说事吧！筱舒的妈妈，就是当时被砸开了脑袋的三个受害者中的一个。"

　　我迈向图书馆的步子停下了——原来，筱舒所说与我相似的经历，竟然是真实的。况且，如果她母亲是二十几年前那一起惨案的受害者，那么，她失去亲人时，还只是个小小的儿童。事件对她之后身心发展的影响会是非常大的。

　　李淳的声音将我拉回现实："要进会议室了，成立了一个专案小组。回头我再打给你。"

　　"好。"我收了线。

　　我的身份，并不是一个来到观察者心理咨询中心求职的应届生。我的出发点是要探究筱涵的真实世界。所以，我对这个人的认定其实从一开始就不是客观的，而是建立在他是杀死了韩璐的凶手这一前提下。并且，我对这种认定非常确定，因为尽管我对包括谷宇、薛局在内的这些人有着怨恨，但我又非常信任他们。

　　于是，我必须承认，我对筱舒这个人的认定，也是有偏见的。原因吧，我想，来自两个方面。第一，在筱涵的叙述里，她是一个有着一定手段的强势的女人；另一方面，来自今天早上的发现——她是她哥哥筱涵的心理督导。那么，我有理由相信她是知情的。当然，这种判定，也还是得建立在筱涵是凶手的前提下。

其实，在这里就有一个法律与职业道德间的悖论。如果筱舒知晓真相，并选择将之隐瞒，那么，她就触犯了法律，构成了包庇罪。可是，作为心理咨询师，她的职业操守又不允许她将来访者的秘密告知给他人……

不对……筱涵肯定也是知道这一点的。那么，作为一个兄长来说，不可能将这个两难的问题，转移到自己的亲妹妹身上。

也就是说，筱舒可能并不知情。

想到这一点，很奇怪的，我舒了一口气。

或许，筱舒并不是我预设中的一个反派。甚至我在告诉自己，在真相没有最终揭晓之前，她哥哥筱涵也有着并不是凶犯的可能。

就这样胡思乱想着，我走到了图书馆楼前。海阳大学图书馆建得很早，据说当时图纸还是苏联专家画的。后来中国和苏联关系不好了，学校又找了人画图，可都不满意。当时的校长就说："还是用回老毛子的东西吧！不能因为他们搞修正主义了，就否定他们好的一面。"

所以，海阳大学图书馆是典型的苏联式建筑，硕大，方正，没有花哨的装饰，给人一种很沉稳很有力量的感觉。做出当初那个决定的老校长，在之后动荡的年代里遭受的苦难，也是因为他在图书馆的问题上做出了"被苏修牵着鼻子走"的决定。

我走入图书馆，径直往位于一楼侧面走廊尽头的房间走去。那里是图书修复科，实际上在现在物质极其充裕的年代里，图书修复科也就只是个摆设。不过，在这个办公室里办公的萧伯——也就是早已退休多年的前校长萧长青老先生，却是海阳大学最大的宝藏。他是个健谈的人，喜欢和学生们聊天。他说他人生这几十载，最大的满足，就是在和孩子们的聊天中，感受过无数鲜活的人生。退休后，他也不想去享受悠闲的人生，而是要求留在学校。所以，图书修复科——这个在学校里完全属于摆设的办公室里，就有着已经年迈的他，时不时发出的爽朗笑声。

我推门，探头，小声喊道："萧伯！"

蹲在一堆书旁的他扭头回来，满头发白的他，将鼻尖的眼镜往上推了推，然后问："你是……你是宋柏然的学生？"

我点头。

"你姓马？"他放下手里的书，缓缓站起。

我笑了："我叫景哲。"

"哦。"他也笑了，"我记性不好。那么，你又是来打听什么事的呢？"老校长问道。

我连忙说："我就不能是来看看您吗？"

老校长哈哈大笑："得了，以前还有人乐意和我聊天。这几年，来找我的都是扯几句就悄咪咪来上一句'跟您打听个事'。说吧，孩子，你想打听啥？"

"我……我就是想问问楼上那间被封了的房间里发生过的自焚案。"

老头儿一愣，然后站直了，将眼镜推了推，上下仔细打量了我一番。他想了想，然后说："你是柏然的学生，那么，你一定喜欢跟着他折腾些犯罪心理学方面的知识吧？我们这个学校啊，办了几十年了。几万人待在这儿，跟个小城市一样，来来去去的故事自然也多。所以在我看来，学生自杀的事，并不稀奇。你们呢，也不要逮着这些事不放。"

我解释道："老师，我确实就是好奇而已。"

他摇了摇头："这种事，我说了些什么，然后你们这些孩子一通传，搁在外面，又都会变成有损学校形象的事件。所以，这焦尸事件，咱就不聊了吧。大家都说我是话痨，但我也不是真的啥都聊的。"

说完，他又蹲了下去，继续翻地上那几本书。

我也不好意思勉强，只能说："那好吧，老师，您忙。"说完，就往外走。可刚走出两步，身后的老校长就叫住了我。

"等等，有个事，我倒可以和你说说，你们是学心理学的，关心的重点，应该也是在这种事儿上才对。"

我转身："您说。"

老校长站起，找了把椅子坐下："那个孩子走后的第七天，他家长来图书馆门口烧了些纸。学生处派了人接待他们，我当时也去了。他父母都是知识分子，搞科研的，假如我没记错的话，他爸还因为一个什么发明拿过很大一笔奖金。两口子素质都很高，却只有这一个孩子。所以那天来到学校，他妈妈一直都是由两个人搀扶着，腿始终都是软的。他爸心理素质好点，全程都只是紧锁着眉头而已，腰背始终笔直。"

"等烧完纸钱了，他爸就提出想上楼，到他儿子出事的房间里看看。学生处的老师答应了，但我看得出，他们自己也都害怕领死者的父亲上楼。所以，我对那男人说，来，我领你去看你孩子吧。"

"我记得那天四楼没电，因为火把电线烧短路了。可现场要等公安局的人回复确定后才能维修。所以，我和死者父亲上到四楼时，打着手电。到了那个房间，我问他'你确定自己进去后没问题吧？'他说他当过兵，去过越南。我就点了点头，推开了那扇房门。手电筒当时在他手上，光也第一时间扫了进去，聚焦在墙角那一团黑色上面。尸体早就运走了，所以，那团黑色，不过是孩子自焚时火苗留下的颜色。孩子的父亲缓步往前，走到了那团黑色位置。然后，他转过去，背靠着墙，缓缓坐了下去。也就是说，他融入那团黑色里面，用他儿子焚烧时候的姿势。"

老校长叹了口气，沉默了一会儿："他问我，能不能抽根烟，我说抽吧。可是他摸出烟来，翻口袋，却翻不到火。最终，他又把烟放回烟盒。当时手电筒被他放到了旁边，所以，我只能借着窗户透进来的月光看他。他脸上有着反光，点状的闪亮。所以我想，他应该在流眼泪。于是我跟他说，说点什么吧，会好受一点。"

"他点了点头，却没说话。或许是在想要说些啥？过了好久，他突然说，其实，让孩子想不开的原因，并不是他和他女朋友的某些纠葛。问题可能是在我和他妈妈身上。这七天，我们一直很自责，如果那天那一顿晚饭时，我们能更好地照顾下某些人的感受，其实一切都好。再说，那个叫筱舒的小姑娘，并没有做错什么。错了的，只是我们两个做父母的，骨子里肮脏的观念作怪。"

老校长说到这儿，从旁边拉过来一把椅子，示意我坐下。此刻，他提到了筱舒，实际上，我想要知晓的故事，似乎也真正开始拉开帷幕。只见他将眼镜摘下，耸了耸肩，又继续："我当时听到这，也一头雾水。但也不好问，只能也盘腿坐到地上，对他说，孩子们的事，我们不要介入太多才对。谁知道这话一说出来，这位父亲好像一下崩溃了，他双手捂着脸，号啕大哭起来。哭了有七八分钟吧，才缓缓止住。那一会儿，月光也照了进来。要知道，月光是一种很神奇的疗慰品。于是，我索性将那手电给关了，和他一起坐在月光下。空气中，弥漫着一股脂肪烧煳了与头发点燃了的气味。地上和墙上，是几天前变成了焦炭的孩子留下来的好像涂了一层油的黑色背景。但我们没有害怕与恐惧，反倒觉得有那月光裹挟，一切似乎好了点。"

"'继续说吧，说出来，心里好受点。'我当时这样安慰着他。实际上，在之前烧纸钱的时候，我就意识到这个父亲需要将情绪宣泄出来，而不能始终在人前保持着冷静与沉稳。我想，他自己也知道这一点。他抬手，抹脸上的眼泪，然后说……"

于是，一个发生在八年前的一位自杀男孩所经历的故事，在老校长的娓娓道来中拉开了帷幕。而故事的描述者，也借由老校长之口，变成了男孩的父亲。

那天，儿子领他在大学的女友第一次回家。女孩模样好看，说话声音也很好听，落落大方，我和他妈妈都很满意。我们坐在客厅，一起喝了个下午茶，聊得特别开心。看得出来，我们彼此对之后有她加入的更大的家庭，充满了期待。到晚饭时间了，他妈妈说出去吃吧。我问姑娘想吃啥？姑娘说，吃什么都可以。我就没多想，说去吃日料吧，城里开了一家新的日料店，老板是日本人，食材也特别好。

要知道，我和他妈妈第一次约会，就是在一家寿司店。看着儿子牵女孩的手的模样，我们就不由自主想起了我们的当年，所以才有了去日料店的这个鬼念头。如果没有去吃日料，可能一切又都会不一样。

说到这儿，这位父亲叹了口气："她是个好姑娘，嗯，这个叫筱舒的孩子，是个好姑娘。是我们不好，我们注定承担自己的卑劣观念所带来的后果，是活该。但这代价，不应该这么大啊。"他摇了摇头，继续道……

那是一家位于商业中心顶楼的餐厅，装修却很朴实，给人感觉就只是北海道街角的某个小店而已。我们在餐厅门口换鞋，因为照顾我们中国顾客，所以，这家餐厅要换上的木屐，并不是人字拖。毕竟在我们中国传统文化里，脱袜子露出脚，是一件并不礼貌的事情。可在那门口，姑娘却站着不动了，她看着我们脱鞋，换鞋，可自己就是不脱鞋，甚至还将她的小包环抱到了胸前，露出拘谨的笑。我当时就意识到，她这个自我保护的动作，说明她有着某种忌惮与担忧。我妻子也看出来了，便叫服务员过来，想问有没有鞋套之类的。那么女孩就不用换拖鞋。谁知道日料店的老板自己过来了，他认识我们，知道我们会日语，所以特意自己出来接待我们。于是，我妻子用日语和料理店老板说着需要鞋套的事，女孩听不懂，不知道我们在说些什么。再加上我妻子当时说得着急，让女孩以为他们在争吵。所以女孩深吸了一口气，说没事，我换上这个拖鞋就是了。

这位父亲说到这，停顿了一会儿。半晌，他看了看老校长，自顾自摇头：

女孩家应该并不富裕，从她身上穿着的平价服装就能看出来。尽管如此，她打扮得很整洁与干净。要知道，每个人的审美都不一样，但都有一个共识——整洁干净，就很好了。我们家虽然条件不错，但其实不看重孩子穿着的衣裤好不好。所以，我们并不在意女孩的着装是贵抑或廉价的。可没想到的是，女孩在那一会儿，眼神中突然闪出了一丝绝望……或者，又不能说是绝望，而是一种决绝，一种想要勇敢面对什么的决绝。她脱鞋了……她穿着一双白色的棉袜，就是最普通的那种。棉袜上也没有污渍，也还白白的。只不过并不是那种很新的白色，而是那种洗得旧了，但因为爱惜，所以依旧得以维持住的那种白色。

这时，女孩抬头看了我们一眼。因为好奇，我们在场的包括日料店店主在内的四个人，也都盯着她的脚。她咬了咬牙，将鞋完全脱下。于是，我们看到了她穿着的袜子的全貌。她的袜子是缝补过的，两只都补过，而且都在大脚趾的位置。我们可以从那缝补痕迹上，看出女孩用心维护过她想要的这点体面。因为她甚至在缝上去的深色小补丁上，用针线绣了个很简单的笑脸。最终，她换上了拖鞋，再抬头，与我们每个人的目光都撞到了一起。她努力挤出想要证明自己自信的笑容。但是在那一个瞬间，她这笑容的目的似乎太过明显。况且，很明显的是，她也并没有预演过这种场景下的应对方式。所以，她的举动，还显得非常拙劣。

"我感觉得到，女孩整个下午都努力维持着的体面，碎了一地。"这位父亲缓缓说道。

那天吃饭，女孩再也没说话，只是应付式地笑。吃完后，她就说家里有事，要回去了。我当时就说开车送她。可女孩说她哥哥过来接她。然后，我们站在路边，看她穿过马路。这时我们才发现，马路那边一直站着一个骑着自行车的男人。见女孩过去，他迎上前。女孩小声和他说了一两句话，然后扯着男人的衣服往后走。男人扭头过来看了我们一眼，然后骑上了自行车。女孩自始至终也没再回头，尽管她知道我们一直在看着她。她坐上了男人自行车的后座，用手抓紧了骑车男人的皮带。男人按响了自行车的铃铛，他们很快就离开了我们的视线，也从此离开了我们的世界。

"我儿子说——那是她哥哥，叫筱涵。"这位父亲再次叹气，"这么一顿吃得很别扭的晚餐，我们似乎并没有做错什么吧？我们开车回家，路上还叮嘱孩子，给人家女孩说些温暖的话。我儿子也应了，路上一直盯着手机，不断按着。后来警方的人告诉我们，他当时就是和小姑娘说话。具体聊了些啥，我们都不知道。然后到晚上，他说回学校，出门的时候看上去就不太好。但我们并没有觉得有多大事。谁知道……谁知道他回到学校，就这样走了。"

老校长说完这个多年前的故事后，并没有评论什么，而是再次蹲下，整理地上的书。

故事看似是关于一位自杀者背后家庭的事，但其中的关键人物，居然正是八年前的那个小女孩筱舒。我隐隐约约地意识到，发生在学习心理学专业的她身上的这段爱情故事，并不凄美，反而透着某种古怪。但这种古怪出在哪里，我又一时想不明白。

老校长说完这段过往，就拿出一个饭盒撵我走，说自己要去食堂了，早点去不用排队。我看了下表，时间也差不多了，便往外走。

到图书馆门口时，正赶着下课铃声响。上午的课至此结束，校园里瞬间热闹起来。于是，一干微笑着的师弟师妹，从各个教室、宿舍甚至我身后的图书馆里走了出来。他们有孑然一身的，有成群结队的。其间，又有好多是一男一女成对的。其实，校园里的小情侣最终能够修成正果的并不多，原因多种多样。像我和韩璐这种能够在她毕业后还在一起的，屈指可数。

想到这儿，我笑了。图书馆在学校里算地势比较高的位置。所以，我站在这巨大的建筑前，可以鸟瞰很远，能将大半个校园都尽收眼底。依稀间，我捕捉到了当日的我与韩璐，也从其间走出，于其他学生身旁穿梭而过。我们穿着简朴，在周遭学子身上鲜艳的颜色中，或许有点突兀。是的，相处后的我们，发现对方和自己一样，是拿着微薄的助学贷过日子的小小可怜虫后，反而都松了口气。我记得韩璐当时开玩笑道："想着找个男朋友，可以由他领着我吃点好吃的。没想到遇上你，把我的份都给吃掉了一半。"

她说这话时，我们坐在食堂，只点了一份饭菜。我托着下巴看她，吃不完的才归我。学校食堂的伙食并不贵，但我俩饭量也都不大，每每一份，就够我们吃了。况且，我们并没有觉得有哪儿不好，有哪儿不对。学校里的小情侣们，很多都是这么做的。不同的是，他们是为了浪漫，而我们只是为了省钱。

我继续站在图书馆四楼的窗台前，望着我所熟悉的学校。我看着那虽然拮据，但始终快乐的我和韩璐，渐渐消失在某栋建筑背后。接着，从那建筑背后，一个稚嫩脸庞的筱舒，缓缓走出，她身旁，跟着一位高大的男孩。男孩穿着宽松的T恤，踩着一双帅帅的篮球鞋。与之比较起来，着装普通的筱舒，显得很不登对。但那时候的她，似乎就已经是一个有着强大气场的女孩。所以，尽管并没有穿着好看的衣裤，但她依旧拥有属于她的高光。

要真正走入一个你想要走进的人的心理世界，需要共情，也就是换位、代入到对方的精神世界里去。然后，你才能真正感受到她为什么快乐，为什么悲伤，为什么害羞，也为什么愧疚。我与这个正在进行着的时代里的筱舒，尚没有太多接触。所以，我不可能具备与她共情进而揣摩她的世界的能力。但多年前的那个她，却是一个拥有与多年前的我，或者说是与韩璐一样人生轨迹的少女。那么，在学校里的那个她的一些思想，我想，我是能够感受得到的。

和我与韩璐一样……我们其实并没有那么强大，我们的乐观与爽朗的笑声，不过是想要掩盖我们的拮据而已。二十出头的少年，又怎么会不羡慕他人的光鲜与富有呢？所以，我们必须维护好自己的世界，小心翼翼地不让我们对外界的物质的期待值一天天升高。因为这个期待值越高，憧憬就会越大。憧憬越大，落差就会越大，随之而来的沮丧也会越大。

我和韩璐选择了对方，两个人的微温，加在一起就是暖冬。而当日的那个筱舒没有遇到一个和韩璐所拥有的景哲一样的男孩，相反，她选择了一个和她并不是同一个阶级的人。也就是说，她遇上了一个能带她吃好吃的东西的男孩。那么，她精神世界里那个本就惶恐害怕的自卑小白兔，注定了要鼓足勇气走向另一个不属于她的世界。所以，发生在日料店的故事，变得那么顺理成章。

想到这儿，我看了看表，觉得应该去柏然老师教学楼楼下等他们了。我迈步下楼，再次穿过我和韩璐一起走过无数次的校园。到柏然老师教学楼下时，快十二点半了。

并没等多久，柏然老师和筱舒就下来了。老师是20世纪70年代末恢复高考后的第一批大学生，学汉语言文学的，毕业后就留在了海阳大学，之后开始接触心理学专业，也学过一段时间的哲学。最终，年岁渐长，才沉下心来，开始与心理学死磕。其实，老师的经历，和很多学习心理学的人走过的路子大同小异。从文学，到哲学，再到心理学。因为心理学往深了研究后，很多问题，又都挺哲学的。但真正走进哲学的世界后，发现其间又特别绕，往往又会重新回到心理学的怀抱。实际上，在现代心理学并不长的历史中，很多大神，也是在心理学与哲学之间来回横跳。换言之，他们也都是在想得明白与想不明白之间，一度彷徨。

不过，伴随着医疗技术的不断进步，心理学领域里，神经心理学的理论越发走强。现代医学不断用可以证实也可以证伪的案例，让普罗大众发现，原来一个人的性格、情绪甚至思维方式，都可以通过神经外科的某些技巧进行改写。所以，越来越多的心理学专业的人产生了一种惶恐。"心理学的尽头就是神经外科"的言论，也成为越来越多的人相信的预言。他们甚至认为，在未来某一天，心理学终究会被划出自然科学的门类，与唯心主义的观念为伍。而造成这一现象出现的原因，就是神经外科技术的突飞猛进。

柏然老师也看到了我。尽管我给他发信息说这些天不回学校时没有说原因，但我想，他应该已经知道发生了什么。所以，看到我后，他快步迎了上来，握我的手："还好吧？"

我心头一酸，点头。

老师又问："凶手抓到了吗？"

他问出这话时，我瞟了筱舒一眼，发现她正看着我。她不可能知道我知晓她哥哥筱涵就是重大嫌疑人这事，所以，她可以像个完全的旁观者一般，站在我身旁肆无忌惮地看我的反应。不过，同时，老师的这一提问，也让我之前在送她过来时一度揣测的问题——筱舒是否会和她的督导柏然老师聊起某些关于她哥哥的秘密——得到了解答。目前看来，并没有吧？

我选择了摇头："希望公安机关能早点破案吧。"顿了顿，我故意补充了一句，"现在的刑侦技术很强，到处都有摄像头，凶手不可能查不到的。"说这话时，我再次偷看筱舒，也再次与她的目光交会。

就算是她对她哥哥是否犯下罪恶的真相并不知情，但最起码，她不可能把筱涵因为韩璐案被刑警队关了四十八小时的事，当作没有发生过吧？

她依旧气定神闲，微笑着看着我。由此可见，她的心理极其强大，强大到就算是她最亲密的人的事，也无法从她的外表看出丝毫端倪。那么，老校长说的故事里，那个八年前因为一次尴尬的晚餐就崩溃的筱舒，在这八年里，究竟经历了什么呢？

我选择走进这个案件后，一直以为，我需要直面的对手，是一个叫作筱涵的心理师。可伴随着那一封叫作骡的信笺，更多的迷雾，开始将前路遮蔽。一件看起来并不复杂，且已经锁定了嫌疑人、只需要进一步寻找证据进行突破的案件，伴随着麻虎的尸体被发现，居然缓缓扩展起来。然后，我在这迷雾中尝试往前，发现诸多的事件，又以一种诡异的方式，互相联系。而我，看似置身事外，但这些事又与我有着诸多关联。

我被裹挟在其中。

我再次用坚定的语气说道："作恶的人，注定会受到惩罚。难道不是吗？"说这话时，我没有迎合筱舒的眼睛了。但也是这话说出后，我发现，她也和我一样，收回了看着我的目光。

柏然老师点了点头："嗯，相信警方吧！对了，景哲，其实你还有个师兄，也是在市局刑警队。刚才下楼时，我还给他打了个电话，问他有没有空，叫他过来吃饭。他正好在附近，所以一会儿你会看到他。或许，你还可以通过他，了解一些案子的进展。"

我一愣，他说的人，自然就是李淳了。那么……我又一次瞟筱舒，她背对着我继续往前走着。

我只能回答："那太好了。"

这时，柏然老师的电话响了，他接电话："嗯，我们五个人，小包间就够了。好，一会儿就到。"放下手机，他说："就去学校食堂五楼吧。"

很多大学里都有面向教职员工的自营餐厅。柏然老师说的这一家，就在我们社科学院与文学院中间，之前我也和老师去过一次。

"五个人？"我关心的并不是餐厅，"还有谁呢？"

"嗯，也是学心理学的。筱舒说你已经要在她那开始工作了，那么，你以后和他接触的机会也会很多。"柏然老师微笑着，"他叫筱涵，筱舒的亲哥哥。嘿！说曹操曹操就到，你们看，他不是在了吗？"

筱舒在继续往前，步子很轻，说明她依旧很镇定。而我，这个刚从学校离开，开始走向社会的我，却因为接下来的这顿午餐将要面对的人而心跳加速。接着，我看见远处停车场的位置，一个穿着灰色西装的男人出现了。他歪着头，笑着望向我们。

他迎了上来。早上在咨询中心看到的他那紧锁的眉头，已经舒展开来。他到柏然老师面前，伸出双手，握住了老师的手："好久不见了。"

筱涵身上的香水味并不刺鼻。他与老师见面的说辞与动作，虽然有着客套的嫌疑，但始终还算是自然。接着，他看了我一眼："你是新同事吧？"他冲我也伸出了手，"我叫筱涵。"

我握上了他的手："你好，我叫景哲。"

在《最后的晚餐》那幅油画里，耶稣的大部分学生，都在和平日一样，享受着食物，聊着天。而耶稣似乎知道些什么，又或者并不知道。至于犹大，故作镇定，似乎想要表达什么，又或者什么也不想说。

很奇怪的是，此刻我脑海中突然浮现出来的，是这幅西方名画里的场面。柏然老师，我，筱舒，筱涵，以及在市局刑警队工作的李淳……我不知道这顿饭是某人特意筹备的，还是真有这么多随机性的巧合使然。如果没有一周前韩璐的凶案发生，没有筱涵被认定为嫌疑人在市局羁押了四十八小时，那么，这顿午餐可以理解为老师善意的组局。但目前看来，这种可能性，几乎为零。

我是韩璐的男友……

李淳是经办韩璐案的刑警队的刑警……

筱涵是当前韩璐案里嫌疑最大的嫌疑人……

筱舒是嫌疑人的直系亲属……她还对我父亲进行过心理疏导。并且她还有很大可能和当年警方帮扶下需要心理干预的韩璐有过接触。

于是乎，这顿午餐里的每一个人，都以一种非常奇怪的方式有了密切的关联。而这层层关联的最中间，是组局的老师——柏然。

第五章　心理师们的饭局

1. 心理学专业的谷宇

到食堂前，我故意走在最后，掏出手机，给李淳发了个信息："你现在要过来？"

他没回复。我想，他或许正在开车，在来学校的路上。可是，他知道我和柏然老师在一起，在应允了老师的邀请后，应该也会知会我一声才对啊。再说，之前我和他联系时，他告诉我他正要进入专案组开会，那么，他也不应该能第一时间往海阳大学这边赶。

就在我有了疑惑时，我看到了另一个人给我发来的信息，是谷宇。他问我："你在学校？和柏然老师在一起吗？"

我没回话，将手机放进了口袋。

我们到包间时，已经快一点了。一路上，筱涵都和柏然老师走在一起，询问彼此这段时间的工作生活状况，都是些客套话。筱舒一直没出声，她时不时看我一眼，但始终不去看她哥哥筱涵，甚至故意回避一般将头扭向旁边。

到坐下后，筱舒才恢复了自然，开始面带微笑，和筱涵说话，和老师说话，和我说话。我作为一个后辈，选择刻意介入他们之间的闲聊是很不礼貌的事。所以，我静静坐着，看着他们。老师说在警队工作的那位师兄就要到了。于是乎，我很期待李淳的来到。

并没过多久，包房门就被人推开了，引座的服务员说："请进。"

我心里松了口气，往门口望去。可是我没想到的是，进来的人根本就不是李淳，而是谷宇。这时，老师也站了起来，冲他挥手，要他坐自己身旁的空位。老师说："给大家介绍下，这是你们的师兄，带着心理学知识走进了警队的谷宇。"

我愣了，因为我一直认为谷宇是警校毕业的。这一信息的来源，是七八年前某个周末，十六岁的我和四十多岁的父亲景海峰在晚饭桌上的一次闲聊。父亲喜欢和我说一些他工作中的小事，因为很多在外人看起来的小事，都是他认为的自己的荣光，包括两个优秀的新人都当了他徒弟这种事。在那个饭桌上，也是我第一次听到谷宇和李淳的名字的地方，然后，父亲还说了他俩分别是什么学校毕业的。

父亲在家吃饭，一般会小酌一杯。于是，那一次闲聊的场景里，他应该是喝了酒的。太过久远的事，并不可能每一个细节都记得清晰。有些容易混淆的事，也伴随着记忆往思想深处下沉、变乱。那么，是不是有一种可能，就是在七八年前父亲跟我闲聊时就随口说错了，抑或是当日的我压根儿就将谷宇和李淳两个人的专业给记错了。

如果真是这样的话，那么就是说，我一个从稚嫩中一路走出来的心理学专业学生，在这几年里，其实一直都在用我的所学，研究着另一个心理学专业的师兄。况且，他和我一样，在心理学上也有点造诣。但和他不一样的是，在这几年里，我在从无到有地学习。而他，是在警察的职业中面对各种各样不同的人和不同的事，将心理学知识投入其中进行着实操。

我的心往下一沉。我一度在一片大海中努力往前，尽管目标遥远，但有目标始终就有希望。可此刻，我猛然发现，面前耸立着一座冰山。前进，成了一个伪命题。

和我一样愣住的，还有谷宇。他进门，冲老师点头示意。紧接着，他看到了房间里坐着的人。我想，老师应该没有告诉他一起吃饭的人都有谁。老师或许是这么说的："还有另外几个毕业后进了社会的学生在，你应该会和他们聊得来的。"

然后，谷宇就给我发了信息。

我没有回复。

所以，谷宇的出现，对我来说猝不及防。

但筱涵似乎早就知道了谷宇会到来，他微笑着站了起来，慢悠悠地说道："又见面了，谷警官。"

谷宇的眉头皱了起来，厌恶的表情毫不避讳地展现。他没有理睬筱涵，而是主动对筱舒打了个招呼："你也在？"

筱舒点头："是，我也在。"

"你是他的……"谷宇指着筱涵。

筱舒再次点头："是，我是他的妹妹，亲妹妹。而我，也不叫三号树洞了。我，叫筱舒。"

我的脑海中嗡嗡作响，因为"树洞"这个词，我非常熟悉，且也有参与过相关的活动。柏然老师为了让学生们都能够更多地接触他人的世界，就建立了一个树洞心理互助小组。他的学生们，在这个小组里是不展示自己的名字的，而是一个数字。也就是说每个人对应一个数字，互相称呼为几号树洞。每个人也都可以自由选择某个只以数字呈现着的树洞，然后选择对方成为自己的心理督导。因为并不知道对方是谁，所以，倾诉自己的秘密时，也变得没有负担。况且，彼此都是心理学专业的学生，对方所用到的心理辅导的方法，也能很快让受访者自己意识到，原来自己的问题出在这里。换言之，就是通过树洞这个小组的互助，我们会发现，原来每一个人都懂得的治愈他人的办法，对于我们自己每一个人，也同样受用。

柏然老师说过，这个树洞小组，已经成立十年了。所以，从这个小组里走出的优秀心理师，已经有几百人。我，在这个小组里，是353号树洞。

而筱舒……她是三号树洞，也就是说，在柏然老师的这个树洞小组创立伊始，她就在。

那么，谷宇呢？

他坐下了，依旧用极其厌恶的表情瞪了筱涵一眼。接着，他望向我，故意寒暄道："景哲，你也在？"

我点头。

柏然老师问："你俩……你俩认识？"

谷宇："我是他父亲带的徒弟。"

我没吱声，往旁边看了一眼。说实话，谷宇进来后，我顿时觉得踏实了不少。而他那毫不掩饰的对筱涵的厌恶表情，也让我看着特别舒服。我犹豫了一下，回头过来，冲他微笑："我记得我爸说过你是警校毕业的啊？"

谷宇撇了撇嘴："师父喜欢把一些他不希望别人知道得太过具体清晰的事情，说得模棱两可。就好像整个市局都知道他是住在老城区，但具体哪一条街，每个人得到的都是一个含糊的答案。所以，通过他了解到的我和李淳，专业五花八门。之前一位政治处的同事还过来问过李淳是不是学情报专业的。李淳追问这一信息来源，那同事说，好像是老景之前说过。"

我笑了。是的，这是我的父亲景海峰，没错了。他的职业病和很多人不一样，别的刑警喜欢摆出一副很高深的模样。而他不同，他健谈，和人聊得多，吐露的事自然就多。可警察队伍里有纪律，父亲又是个把纪律看得很是紧要的人。于是，他的有些老同事那时候就说了，和老景聊完天，一头雾水，不知道他说了些啥，跟看了个侦探电影似的。

接下来，我自然是要和谷宇一样，尽量装成许久不见的模样，又尽量保持着自然。可这么个小小的包间里，有筱涵在，一切又怎么可能自然呢？况且目前看来，他并不避讳自己之前两天有被在市局工作的谷宇审讯过的事儿，也就是说，他并不避讳自己就是韩璐命案的嫌犯这一问题。只不过，他知道我的身份吗？知道我就是死去的韩璐在这世界上唯一的亲人吗？

他知道，或者不知道？但在他这种类型的人眼里，并不在乎吧？人们害怕时不时会冲动的年轻人，因为这些年轻人不计较后果。可人们并不害怕初入世、努力想要融入社会的那种年轻人，因为他们越是想要融入，就越要守规矩。而我，在他人眼里，应该是属于后者。

我希望他不知道。那么，我可以略微往后，缩在角落，做一个观察者？

筱涵微笑着，在倒茶。然后他端起一杯茶，放到了谷宇面前："谷警官，我们之间，可能有点误会。"

谷宇抬手，将那杯茶往筱涵的方向推了推："这位先生，你能说说有什么误会吗？"

筱涵继续倒着茶，将另一杯放到我面前。我抬手在桌面上磕了一下。

筱涵继续道："我认为的误会，是谷警官你戴着有色眼镜看人。你在工作中，需要对某些人进行预设。这种工作方式，很容易导致你在真实社交中也产生偏见。不过这种情况，在心理学领域很容易解释。或者，也算是一种职业病吧，把什么人都看成罪犯，是吗？"

谷宇耸肩："筱先生，首先，我和你并不熟。况且柏然老师知道的，我打学校那会儿，其实就是个内向的人，不善于社交，也不喜欢分辩与解释。所以，无法成为一个让周围人都满意的人，这一直是我的一个大问题。当然，这个问题……您，应该不会遇到吧？"他顿了顿，"你刚才也说到，我可能对你有些误会。如果有，我想，我不会觉得抱歉，因为你这种人，本就不应该在人世间待着。你应该在地狱。"

他的话，或许应该由我说出。而他的这席话，也让我对他进一步改观。尽管如此，我也并没有投入其中去聆听他们的针锋相对。相反，谷宇如此直接的话语，可以理解为对筱涵的强烈刺激。那么，在接受到强烈刺激后，不管筱涵强大到什么程度，他也会产生情绪——愤怒，或者沮丧？有情绪出现，身体就或多或少会有某些细微动作，会将这种情绪暴露。最后，他需要针对刺激做出反应。也就是说，他接下来的行为，很容易被我或者谷宇从中解读出什么。

筱涵没说话。

和我预期的一样，他避开了谷宇的目光。他低头，继续倒茶，再一一递出。这一系列动作做完后，他的手很快收回，放到了桌子下面。

如何解读接受心理辅导的来访者内心深处的真实情绪？这个问题，书本上并没有统一的标准。一般来说，情绪，会在我们每个人的面部展示。有种说法是，我们的脸就是我们内心世界的一个显示器，喜欢与厌恶，都很容易在我们的脸上展现出来。可是，我们的成长，就是一个不断习得自我控制的方法的过程。于是，一个真正成熟的人，面部表情往往管理得很好，内心世界的喜恶被稳稳收拢。

但大脑，又是一个很有意思的器官。我们这些心理学专业的孩子经常说，大脑对身体的操控，是以厘米为单位减弱的，距离它越远，它越是控制不住。这是玩笑话，可实际上，一个人就算能很好地控制住面部，但在距离大脑稍微远一点点的位置——比如到他的脖子，或许就会开始变得无法自控。紧张时，脖子会生硬。到再远一点点的位置——手臂，紧张时，手臂的肌肉会收缩，引起发抖以及握拳。再往下，腿部肌肉也会受到情绪影响，出现抖腿、来回交替的动作。而这抖腿的动作，在很多人身上，都可以说是属于无法控制住的那种毛病了。

筱涵也是一名心理师，这些情况他也都了解，自然也都会努力自控。那么，不管如何小心翼翼，最终也会迅速暴露真实内心问题的身体部位——他的脚呢？

我抬手，碰到了桌子上摆在自己面前的筷子，筷子掉到了地上。我连忙弯腰，捡起了筷子。而就在我捡筷子的这个瞬间，我观察到了筱涵内心的真实情况——面对众人坐着的他，放在桌子下面的脚，用一种很别扭的姿势摆放着。

我们每一个人，在面对外界刺激时，第一反应其实并不是做出某种行为，而是开始快速选择。选项有二——战或者逃。

如果选择面对，选择战斗，那么，我们就会完全地直面对手，哪怕对手强大到让人恐惧。

反之，如果选择逃跑，选择回避这个刺激，那么，我们就会扭头，转身，进而离开。

筱涵能够控制自己面部的持续微笑，能够控制自己整个身体面朝着谷宇，显出一副勇于面对的强大者的模样，可桌子下面，他那双制作精良、泛着微光的高档皮鞋的鞋尖，准确地指向包间的门的位置。

所以，无论他在我们面前如何坦然，他内心深处的真实的他想要做出的选择，并不是面对，而是想要逃避。我甚至可以进一步推断出，这一场与谷宇的饭局，并不是他想要的，而是其他人强迫他来参与的。

那么，这个强迫他来参与的人，又会是谁呢？

我将筷子放回到桌上，再抬头，发现筱舒正看着我，她的右手环抱在胸前，左手手肘撑在右手上，手臂往上，手掌托着她的下巴。

她看着我，淡淡地说："掉地上，脏了，就叫服务员换一双吧。让筱涵去吧，顺便看看哪条鱼新鲜，我想吃鱼了。"

筱涵如释重负，快速站起："我正好出去抽根烟。"说完往外走去。

我并没有回避筱舒的目光，相反，我选择了与她对视。我不想暴露出自己走进他们世界的真实目的，但我觉得，我也并不介意展示自己的锋芒。

我笑了，和她一样，将一只手环抱胸前，另一只手的手肘搁在上面，手臂往上。但我没有选择托着头部，因为这样做，在场的所有人就都会发现我在模仿筱舒的动作。

紧接着我说："师姐是左撇子吗？我记得之前看你是用右手拿笔的啊？"

是的，她是用右手环抱胸前，左手往上。而我们普通人做这个动作……也包括此刻的我做出这个动作时，也是左手环抱，右手手臂往上举起。

筱舒笑了，她将放在胸口的双手收拢，身子往前，然后手肘放在桌上，双手手臂举起，指尖与指尖贴拢。

她这个手势叫作尖塔，说明一切都尽在掌握之中。然后，她歪着头，继续微笑着对我说道："景哲，你在老师的树洞小组里，是多少号呢？"

她假装想了想："是……是353号树洞吗？"

2．第353个树洞

是的，我是353号树洞。

因为我毕业后并没有离开学校，而是选择继续读研，所以，编号在我之前的师兄师姐和同学们都已经变得不再活跃。换言之，我是那个心理互助小组里相对来说比较老的，也就是一个老树洞。小组里的每一个树洞，只是作为聆听者时，有着他作为树洞的编号。我们也可以选择走向其他树洞，去拜访其他的人。那时，我们就不再是收纳秘密的树洞，而是变成了将自己的秘密告诉别人并在别人身上寻求慰藉的人。

那么也就是说，当我走近别人并主动和别人聊天时，对方是不可能知道我作为树洞时的编号的。况且，我的编号，是一个连韩璐也都不知道的数字。此刻，我面前的筱舒能说出这个编号，就只有一种可能——她在网络上走近过我，与我的沟通中，我的某些细节被她记住。而这些细节，在我今天的表现中，很可能显现了出来。于是，她认出了我——353号树洞。

我并没有掩饰我的意外，甚至张大嘴，好奇地问道："你……你怎么知道的？"

筱舒比画的尖塔，被她收拢了："我就是猜一下而已，实际上，小组里的很多人，我都接触过。要知道，走进一个心理师的世界，可是一个非常好玩儿的事。你像是走入了一个满是镜子的世界，每一个镜子里，都有一个你。可每一个镜子里，又都是一个因为对世界、对人的看法不一样，而映射出来的不同的你。"

我们几个人这一系列的对话，柏然老师看在眼里，自然能够感觉得到氛围的奇怪。他清了清嗓子："我最好的三个学生，今天好不容易聚到一起，就不要聊一些让我这个老头子听着觉得莫名其妙的话题了……"

"老师，"谷宇打断了他的话，站起来，"抱歉，我想，我要走了。我们警队有纪律，不能随便和人吃饭，尤其是正在经办的案件里的当事人。"他看了筱舒一眼，"你是筱涵的亲妹妹吧？"

筱舒点头。

"嗯，"谷宇继续道，"和嫌犯的亲属吃饭，也是不允许的。所以……"他耸肩，"等以后你哥洗脱了嫌疑后，我们再聚聚吧。当然，被绳之以法后，也可以。"

说完这话，谷宇对着老师点了下头。柏然老师也没勉强，抬手挥了一下。他又看了我一眼，然后便往门外走去。而我，注意力却不在他身上。我看似很随意地坐在椅子上，实际上稳稳地盯紧筱舒，捕捉着面对谷宇说出的巨大刺激性话语后，她的细微表情与动作。可是，很奇怪，筱舒听完他这段话语后，没有任何反应。她甚至连一句客套话也没说，只是看着谷宇出门。

不过，她的没有反应，反倒算是给了我一个近乎能够确定的答案——她知道真相，知道她哥哥究竟做了什么。并且，大概率也知道她哥哥有或者没有犯下杀戮之罪。所以，她没有选择反驳，因为在她看来，一切可能都了然于心。

又或者，她压根儿就不在乎。

筱舒，是一个内心非常强大的人，同时也是一个非常好强的人。而一个从相对较低的起点起步，却又有着强势人格的人，一般都会有着某个脆弱的点。如果我能够找出这个点，那么，我就能将她的坚强外壳整个击碎。

就在这时，筱涵进来了。他故作惊讶："谷警官怎么走了呢？"

筱舒冷冷说道："你觉得他为什么走呢？"

柏然老师摇头："你们之间究竟发生了什么？怎么感觉就我一个人啥也不知道呢？"

筱舒缓缓说道："老师，你不知道其实更好一些。再说，我们也并没有多大的事。以前在学校里，我们这群心理学专业的孩子，互相之间不也经常有矛盾吗？过些天就好了。"

有她这话，老师也就没再说了。当然，或许他也不过是没兴趣深究而已。这顿午饭，便都没怎么说话了。因为我们来得晚，厨房没那么忙，所以上菜就上得快。不到下午两点，大家就吃得差不多了。柏然老师对着我招手："今天说好了我请，景哲，你出去结下账，顺便开下发票。"

我愣了，紧接着站起，往外走。走到门口，我停住了。我转过身来，我能感觉自己的脸红了，也能看到他们仨，都用疑惑的眼神看着我。

我挤出笑："老师，我可能钱不够。我还没去领本月的奖学金。"

筱涵哈哈大笑，他站起，大步朝我走来，拍了拍我肩膀，拉开门出去了。他的放松，令我更加尴尬。我努力维持着笑容，回到座位上坐下。我变得不敢再抬头看人，我想要维持的人设，目前看来，有点狼狈。我想要的体面，碎了一地。

"没什么的，我们刚毕业那会儿，也没钱。"筱舒的声音在我耳边响起，且变得柔和了很多。

我抬头看她，她也在看着我。我突然意识到，此刻的这个我所面对的尴尬，与八年前那个日本料理店里遭遇窘迫的她，似乎有着些许相似。

她的目光柔和，我在其中看到了一个八年前拮据却又努力想要维持体面的姑娘的影子。

我想：贫穷，或许就是我的软肋，时不时会使我想要维持的强大彻底瓦解。而曾经贫穷过，或许就是筱舒的脆弱之处，顺着这处脆弱，就能够发现一个真实的女人。

柏然老师下午还有课，所以他提前走了。筱涵叫服务员进来，把剩下的食物都打了包。他冲我微笑，说："我和筱舒早些年也挺拮据的，俩小屁孩，要啥没啥，坚持读完了书，走到现在，挺不容易的。"

我没和他搭话。

让我有点惶恐的是，他出门埋单时拍我肩膀的动作，令我对他有了一丝好感。我甚至开始希望，他并不是凶手。毕竟，一个人生轨迹和我自己大同小异的人，可以成为我面前的镜子，从中，我能窥探到一个自己。那么，我自然不想看到他的邪恶。

我们一起下楼，往停车场走。筱涵提着那些饭盒，看了我一眼。我以为他会询问我是不是需要这些剩菜，也做好了拒绝的准备。谁知道他压根儿就没有和我分享的打算，和筱舒说了句："那我自己开车走了。"而这几个饭盒，没想到在之后竟然能成为属于他的惨案中，透露出很多信息的关键。

筱舒点头。

"还是我开车吗？"我问她。

筱舒说："我来吧。"她顿了顿，"你下午有事吗？能陪我去一个地方吗？"

我点头。

她再继续道："你知道八年前学校里发生的焦尸事件吗？"

她抬手，指向了图书馆的方向，苦笑。

"那一年，我和你一样，正要离开学校，走进社会。和你一样，我当时也有男友，我以为，我会和他结婚，携手一生。"

她回过头来看我。说实话，她长得很漂亮。宽松毛衣反而让女人的凹凸有致若隐若现，引人遐想。她挂着那丝苦笑，摇头："也和你一样，他没了，被烧死了，挺突然的。"

说完这话，她扭头，往她的车走去。我跟在后面，心思却并没有被她莫名其妙到来的感悟话语带动。

相反，我留意到了她这段话里的那一句——被烧死了。

被谁烧死的？

不是自杀吗？

第六章　妈妈之死

1. 被烧死的凶手

筱涵是那天晚上七点左右被烧死的。

他是被他自己给烧死的。

当时，我和筱舒在市消防队对面的一家小面馆里吃面。吃面之前，她领我去了一趟麻风岛。

麻风岛，位于海阳市郊。岛上环境挺好，植被茂盛，本可以成为一个适合海阳市民周末休假时玩耍的去处。可九十年前，接受了西方思想的民国官员开始立法严惩当时对麻风病人迫害的风气。问题是，那些不幸的麻风病人，总要给他们安排一个待着的地方吧！于是，他们就选择了距离入海口还有十几公里的江中央的小龙洲，改名为麻风岛，收容这些因为疾病需要与世界隔离的人。

每个人的人生，并不是都能够自己主宰的。七十多年前，这海阳城里，有一位长得挺不错的姑娘，家境也好。她上女校，出国学西洋文化。那年代里，她剪齐耳短发，穿洋装、黑皮鞋，爱徐志摩的诗，爱周璇的歌。可有一天，她发现身体出现了某些不适……

苏奶奶从没有跟人说过自己被确诊为麻风病后，再到被送上麻风岛的那段日子里发生过什么。她只说："被放逐到这杂草丛生的小岛的那天，仰头看这世界，就再也没有了颜色。包括那暖阳的光，包括那飘摇的云，都是灰色。"于是，苏奶奶发现整个世界，原来都被这片灰色笼罩。苍茫之下，是她一度以为熟悉的众生。

苏奶奶在麻风岛上待了七十多年。死亡，在明日抑或是后日，已迫在眉睫。属于她的时代早已落幕，所以，她也没有想过离开麻风岛。韩璐最初走入社工这个行业时，也和那些新人社工一样，时常来麻风岛上，和这些被社会遗弃的老者聊天说话，感觉自己就是普照他人的光芒。后来，老者越来越少了，来的社工也越来越少了。

我跟着韩璐来过几次麻风岛，也见过几次苏奶奶。没想到，韩璐走了后，再次领着我来找苏奶奶的，会是筱舒。苏奶奶看起来和筱舒挺熟，伸手握筱舒的手。筱舒也连忙蹲到地上，因为苏奶奶在很多年前就无法站起。

苏奶奶说："丫头怎么看起来有点愁？"

筱舒欠身往前，把头放到了苏奶奶的腿上，就像是一个孩子回到了长辈的身旁。她说："在这世界上待着，又有哪一天会不愁呢？"

苏奶奶说："这话，我妹妹也跟我说过。她啊，不知好歹，说如果可以换，她宁愿和我换一个人生。让我去尘世里待着，由她在这尘世外的麻风岛上坐着，坐一世。我就问她是不是傻啊？哪有人喜欢与世隔绝的活法呢？丫头，你猜我妹妹说啥？"苏奶奶边说，边用她那皱巴巴的手摸筱舒的头发，"我妹妹说，这么几十年里，时代给予的，命运给予的，难受难过的事，都不细说了。就说要学会如何适应生离与死别这一门本领吧，已经让人神伤心碎。"

苏奶奶笑了笑："我就跟我妹妹说，莫非你觉得驻足方外，就能足够洒脱吗？所爱的人再也不曾见过；所恨的人永世无法释怀；所挂念的人，你无法为他付出与牺牲；所思念的人，早就把你完全遗忘。所以，丫头啊，你以为的愁心事，其实都不是事，不过是你要学会适应罢了。到你适应了，发现生离与死别不过如此，到那时，你也就不会愁了。"

筱舒就那样趴着，小声地应了声："嗯。"

这时，苏奶奶才开始望向我："你是……你是韩璐丫头的男朋友吧？"

我那会儿站在她那小院子围栏旁，努力控制着自己的情绪。因为这里是韩璐带我来过的地方，所以，我很自然地会想起韩璐。但我又还没有学会苏奶奶说起的对生离与死别的适应技能，所以，只能努力装得足够坚强。

可苏奶奶又继续问道："韩璐呢？"

我终于控制不住自己了，眼眶开始湿润。我往前，到苏奶奶身边。我咬着牙，用力咽下一团往上升起的悲伤。我声音有点颤，但还是足够稳。因为我记得韩璐和我说过，苏奶奶身体里的癌细胞已经扩散了，随时都可能离开这个对她来说残酷的世界。那么，我们不能再添一份残酷吧？

我说："她还好，今天没来而已。"说完这话，我的眼泪就不由自主地滑落。

苏奶奶说："孩子，怎么了？你跟奶奶说一下。"

我说："没什么。"顿了顿，我说，"风把沙子吹到了我眼里而已。"

筱舒却抬头了，她问苏奶奶："奶奶，韩璐是个好孩子吗？"

苏奶奶笑了："是啊，她是个好孩子。怎么说呢？你这几年大了，来得少了。奶奶很想你，想刚毕业那两年的你。而韩璐这丫头，就像是当时的你一样，一步一步地走进了奶奶的心里。最后，她和你一样，成了这个尘世里奶奶会挂念，却又无法去护着的人。"

苏奶奶这话一说完，抬着头的筱舒愣了一下。紧接着，她自顾自地小声嘀咕了一句："嗯，筱舒知道了。"

说完这话，她站了起来，对我说："你陪奶奶一会儿，我出去打个电话。一会儿等我回来，我们帮奶奶把花圃收拾一下。”

我点头。

筱舒掏出电话，往院子外走去，我探头看她将电话贴在耳边，渐行渐远。我想，她应该是要和人通一个很长时间的电话吧。所以，我看了下手表，三点十分。

到她回来时，已经是三点二十八分了。也就是说，她这个电话讲了有十八分钟。那会儿，我正在帮苏奶奶收拾花圃里的植物。虽然福利机构有请人每天来帮她做些家务，但做得马虎。苏奶奶也不希望他们那些人用粗暴的手法对待她的绿植。

筱舒进院子后，看了我一眼，她冲我笑了一下，然后就去推苏奶奶的轮椅。我知道，她这是要推奶奶去岛上转转。以前韩璐也会这样，绕着岛走一圈，只有她和奶奶两个人。韩璐还会给奶奶说一些只有她和奶奶两个人才知道的事……

那些事里，不知道有没有关于她的未来的话题，有没有关于她的小小背包的秘密呢？

我们并没有留在岛上吃晚饭，因为剩下的最后几个老人，还有着某种像是仪式一般的、必须一起聚餐的坚持。据说麻风岛最初被设立起来时，有一位读过不少书的先生，成了全省各地被流放过来的麻风病人的头头。他说：“如果整个世界都不要我们了，那我们更要珍惜彼此。如果自己都不爱自己，那如何强求别人还记得我们呢？”

我们坐轮渡，离岛。看岛越来越小，岛上的人，这几年越来越少。据说有开发商早就垂涎这块地，但社会福利机构的人这么说道："时代，会塑造各种各样的人和各种各样的人生。请允许某一种人生以一种安静的方式走到尽头。"毕竟对一场已经消亡的疾病而言，他们这些老人，是最后的亲历者。他们于这世界最后的时光，就是一个时代收尾的痕迹。

苏奶奶并不知道韩璐死了。如果她知道，一定会落泪的。所幸，她永远也不会知道，因为我们都不想她落泪。于是，韩璐的死去，得不到她所亲近过的奶奶的悲伤与眼泪。

或许，这也是另一种意义上的对韩璐的残酷吧。

离开麻风岛，筱舒坐到了后排座椅上。她脱了鞋，双脚弯曲，双手环抱，缩成一团。她开了车窗，任风吹进来。她发丝猖狂乱舞，我从后视镜里看到她的侧脸，表情凝重。

隐隐的，我感觉有什么事情要发生，或者正在发生。可又摸不着头绪，纯粹只是一种感觉。

筱舒说："去消防队吧，对面有个面馆，面挺好吃的。"

我"嗯"了一声，将车往右，往消防队开去。

那是一家简陋的面馆。已经六点多了，还没几个食客，说明筱舒所说的味道好，也好不到哪去。我俩点了面，还要了两盘小吃。筱舒看了看对面消防队的大门，很随意地问了一句："今天他们没有出去救火吧？"

面馆老板也随口应道："没！一整天关着门在里面喊着口

号，可闲了。"

筱舒点头，又不吱声了。

我走进观察者心理咨询中心是想要了解筱涵，而并不是他的妹妹筱舒。所以，我也不想多事，主动开口和她搭话。再说，相比较而言，如果有机会和筱涵这么相处半天，我觉得我能对他有非常多且深入的了解。而筱舒不一样，她看似温婉贤淑，实际上，某些细枝末节上，都能被我捕捉到她极其聪慧的痕迹。

食物上得很慢，我们也吃得很慢。我看她时不时扭头瞧一眼对面的消防队大门，似乎在期待什么。终于，在六点四十分左右，对面的大门开了，出来了一台消防车。车并没有鸣笛，只是上马路疾驶而去。

面馆老板也看到了，嘀咕道："小事故，才出了一台车，估计又是哪家的厨房忘记关火了。"

而这一时刻，我看到筱舒的胸口起伏很大，应该是在暗自大口吸气，大口呼出，但她的表情没有丝毫变化。过了一会儿，她又弯下腰，去扯自己的鞋。于是，没人能看到她的面部表情，也不知道弯腰下去的她，在做着什么。

几分钟后，她再次坐起，歪着头笑了。然后她问我："景哲，你今天有事吗？能不能还陪我去一个地方待一晚。"

我愣了一下："待一晚？"

"嗯。"她点头，"我还想清净一晚，因为明天开始，我就要处理一堆烦心的事，工作上的，生活上的，都乱糟糟的。"

"那……"我看着她，她的头发有烫过，大波浪，这样令她的女人味儿更加浓郁。

"好吧！"我点了点头。

筱舒耸肩，她对我的答复非常满意。她站起结账，然后对我招手。这次，她没让我开车了。

她将车驶出停车位，油门踩得很重。汽车闷哼了一声，快速驶出了消防队前的马路。

六点十三分，我收到短信，是李淳发过来的："筱涵死了，自焚，你要不要过来？"

我把手机连忙放下，不自觉地瞟了一眼正在开车的筱舒。她紧握着方向盘，静静地听着音箱里放出的悠扬音乐。我突然意识到什么，拿起手机回了个信息："他死在哪里？有消防车过去吗？"

李淳很快就回信息了："有，他死在自己家。"

我又问："几台消防车？"

李淳回："一台。"

我放下手机。

音箱里放着的是一首英文老歌，筱舒应该听得挺认真。又或者，音乐只是一种伪装，掩盖她的心事重重罢了。真实的她，此刻应该心乱如麻。因为，她或许比我更早知道她哥哥会自焚的事。

"很忙吗？"她对我玩弄手机的举动似乎不太满意，"我出面馆就关了机，天黑了，就给自己放松一下，多好。什么人也找不到我，什么人也联系不上我，就算有天大的事，都可以与我无关了。"她这么说道。

"嗯。"我点了点头，将手机放进了裤兜。

3月28日，韩璐死后的第八天，筱涵在自己家里的洗手间里自焚。

而这一天，距离一个叫作骒的神秘人递给市局的纸条上标注着的恶魔即将回来的日子，还有九天。

2．另一种记忆

每座城市的繁华下，总会有一小块地段，是属于过去的。

海阳市也一样。

花拌坊是一条老街。以前叫花拌街，但这条街并没有花，却有水。于是，依托着江的花拌老街里的两三层高的老房子，就被一些人租下来，改建成了一栋栋很有特色的清吧和客栈。再之后，市政府就正式把花拌街改名成了花拌坊，成就了海阳市里文青们眼里圣地般的一隅。

我和韩璐以前也来过，晚上来的。我们在各个清吧与客栈间的小巷子里穿过，端着路口买的七块钱一杯的柠檬茶。我们透过一扇扇木门，看门里的世界，有流浪歌手在里面轻轻弹唱，有悠闲的人们坐在院子里聊天，还有恩爱的情侣喝着调制的饮料或者小酒，说着情话。

我们只有七块钱一杯的柠檬茶，上面插着两根吸管。我们同时心念一动、要喝一口时，我们的脑袋就会撞到一起。然后，韩璐就会假装生气，冲我翻白眼。我会赶紧道歉，好像我就没有被她那硬脑门给伤害到似的。

尽管如此，我们还是会不时碰头。或许，是因为我们的心念总是一致。

我们是两个拿着助学贷款念书的没有家人的孩子，所以，对方就是自己唯一的家人。可是到某天，我突然发现，这种唯一，只是我一个人以为的唯一。而在她的世界里，未来是不存在的，那么，自然连唯一也并不存在。

最后，她离开了世界，生命戛然而止。一度鲜活着的人，成了某个雨天，匍匐在山坡上的一具赤裸着的女尸。她实现了她对我说的悲壮言语——韩璐，是一个没有未来的人。

是的，韩璐，你没有未来。可是，我的未来中，又如何承受没有你的事实呢？因为，你曾经陪伴我走过这海阳城里的诸多地方。每一个地方，都能唤醒我对你的回忆。

我想，遗忘一个人，是很困难的事。所以，一个人走了，那么她身边人的生命中的某个部分，也就像是一种殉葬品，跟着她走了。

我未曾想到的是，再次来到花拌坊，是和另一个女人。

筱舒在前面悠闲地走着，我默默跟着。我在留意她的脚步，琢磨着究竟是一颗如何强大的心脏，才能承载一个如此强大的灵魂。她很可能是知道筱涵会自焚的，从她选择去消防队对面吃那碗面开始，到她看着消防车驶出街道，再到她故意关机……可逝者是她在这世上唯一的亲人，是与她一同长大的亲哥哥。

尽管，这个哥哥，可能根本就是个恶魔。

她领我去了一家叫江上人家的民宿。民宿的老板看起来和她很熟，拿了钥匙给她。然后，老板探头，看她身后的我。筱舒就笑了："新同事而已。"

老板点头："嗯！喝什么，我给你们送上去。"

"柠檬茶吧。"筱舒回答着。

我的心往下一沉。

筱舒又说："三杯！"

老板应着，转身忙碌去了。

筱舒往楼上走，我跟在她身后，小声问道："还有人要来吗？"

筱舒回头看了我一眼，笑："没有人了，不过，我想给一个不能来了的人也点一杯。"

我跟着她上了四楼，实际上，这个老旧建筑只有三层。第四层，是一个和我住着的地方类似的小阁楼而已。房间并不大，十平方米左右，纯木结构，虽说简陋，反倒让人觉得很舒服。筱舒将包随意放下，然后走到房间的另一扇门前，推开。外面是一个三四十平方米的露台。露台上种了很多植物，中间摆了张圆桌，以及两把椅子。

"这里是我家。"筱舒走向露台，大声说道。

我不明白她这话的意思，我可以姑且理解成她把这个拥有露台的阁楼房间，当成她能够完全放松的类似于家的一个地方。

谁知道她转过身来，补充了一句："这真是我家，我和筱涵出生与长大的地方。"

她坐下了，深深呼吸了一口，没再说话了。我默默往前，坐到了另一把椅子上。我也和她一样，深深吸了一口气，然后，放眼去望她此刻所望向的方向。那里，是往前流淌着的海阳河，这个位置是河水最后的一段路程了，再过去一段，它的奔流就戛然而止。最终，河水汇入大海，对它们来说是消亡，还是一种重生呢？

坐在天台上望着河水的筱舒并没有说话，我也就陪着她不吱声。老板将三杯柠檬茶端上来后，筱舒才动了，她冲人家说谢谢，叮嘱老板把门带上。然后，她端起柠檬茶，问我："你知道吗？我们的回忆，其实并不是真实发生过的事情。"

我点头："回忆，不过是每个人对事件的认识而已。因为不同的人所看到的与听到的都有区别，再加上个人理解与判断有不同。所以，储存在每个人思想里，对于同一件事的回忆，可能是大相径庭的。"

"嗯。"筱舒点头，她端着柠檬茶，再次望向远处的海阳河。半晌，她说，"景哲，讲个故事给你听吧。而这个故事，也就是某一个人，从某一个角度所看到的整个海阳市的人，都知晓的一件事。"

"你说。"我应道。

"二十三年了，那时候，我七岁，哥哥十岁。那天是周末，爸爸和妈妈说带我俩去市百货大楼，因为我和哥哥期中考试的成绩出来了，都考得挺不错的。所以，我们都可以在百货大楼选一个礼物。我还记得那天，我穿着白色的有花边的裙子，哥哥穿着白衬衣，还有背带裤。那是他们班上搞文艺汇演才穿的衣服，但那天他非得要穿上上街，还戴了小领结。那样子，像个小大人似的。嗯，景哲，他其实打小就喜欢收拾得那么一丝不苟。"

她顿了顿，继续道："临出门时，我爸接了个电话，是教育局要到他们学校搞个什么突击检查。他就没跟我们一起去，赶回了学校。后来，我经常想，如果他去了，结局会不会不一样。或许会，因为有他，我们可能会走得快一点，又或者走得慢一点。无论快与慢，都有机会错开那个瞬间吧。可是，人世间，又没有那么多供人提前挑选的选项。再说了，他去了，在那个时间段里，他正好在。那么，他会怎么做呢？阻止吗？我想，或许只是又多了一个人倒下吧。"

"而这，也是爸爸余生始终自责的缘由。那天，他没去，妈妈牵着我，哥哥在前面蹦蹦跳跳。我们在一个风和日丽的周日上午，去往海阳市市中心的百货大楼。在那里，我们可以每人选一个玩具。哥哥说他要选一把弓箭，或者红缨枪。我没跟他们说我要选什么，其实心里早就想好了。我要买个新的洋娃娃，家里的那个太孤单，需要有个伴。我……我还记得……我还记得，妈妈那天扎着个马尾，刘海上打了啫喱水，也是穿的白色裙子。她……她那天心情很好，一直在笑。"

筱舒的声音，开始有了些许发颤。我扭头看她，见她眼眶里已经开始闪耀，那破碎的闪光片，即将从中缓缓漫出。

她再次停顿，许久后，她说："我们到了百货大楼，那门前围着一些人，不知道在干什么。我们并没有走上前去，而是想直接进门，去二楼，那里就是玩具区。又或者，如果我们真融入那人流去看了一眼，看到张金伟那个恶魔在那发疯，那么，妈妈或许就会赶紧牵着我们走开，而不会在那危险突然来临时，压根儿就没反应过来。"

"嗯，好吧，好多可能……每一种可能，都会让妈妈避开那场危险。好吧，景哲，我想，你也知道我说的是哪件事了吧！1994年百货大楼张金伟那疯子无差别伤人事件，被我们家遇上了。就那么突然地……突然，我们听到人惨叫，接着，旁边那围着的人群也都叫喊起来，奔跑起来。然后，将近两米高的张金伟，从那人群中怪叫着冲过来，手里握着那个石球。我们仨……我们仨根本不知道发生了什么，愣在了原地。然后，他跳起来，单手举起那石球，用他扣篮的姿势，将石球砸下。而他的篮筐……他的篮筐……他所砸向的篮筐，是我妈妈的头颅。"

至此，筱舒的故事打住了。她吸气，鼻腔里有着液体流淌的声音。她含着柠檬茶的吸管，透明的吸管里，空空如也。

她并没有想要喝点什么，她不过是静止在一个含着吸管的动作上而已。

过了有五六分钟，或许，这几分钟，就是她说到情浓，又让浓情得以变淡的时长吧？她放下了柠檬茶，扭头看了我一眼，苦笑了。

"景哲，记忆，并不是真实发生过的事情。因为，那一刻真实发生在七岁的我的眼前的一切，在我记忆中，竟然是完全缺失的。妈妈的头颅是如何破碎的？她是否有尖叫与呻吟？空气中是否有弥漫血腥味……那个时间段里，我所有的感官本应该反馈到我意识中的信息，突然中断了。印象中，好像只有触觉还在。与我身体贴在一起的，是哥哥……是十岁的筱涵那发颤的身体。尽管如此，他那抓着我的手，还是紧紧的。他的手心上，都是汗，触感冰凉。"

"景哲，你了解情绪吗？同样是手心出汗，同样是身体发颤，也同样是手掌肌肉收缩，愤怒和恐惧，都拥有以上这几种状况。区别在于，愤怒时，手是温热的。反之，手掌冰凉，是恐惧。"筱舒摇了摇头，"也就是说，筱涵在那一刻，极其害怕。"

"在我记忆里，画面与声音的再次回归，是一位伯伯抱起了我之后。我们的身后有警察，有医生，还有哭泣着的我爸。那位伯伯不断说着，孩子，没事了……孩子，别回头……可我想回头，我也努力回头，但那位伯伯将手掌放在我后脑勺上，尝试将我的脸紧贴着他的肩膀。我知道他是好意，可我不想顺着他。因为我想知道我妈妈还在不在。为什么我没有听到她的声音呢？最终，我终于扭头成功了。我看到……我看到一个浅蓝色的裹尸袋里，鼓鼓囊囊。而在这一地红色旁边，是穿着白衬衣和背带裤，打着红色领结的哥哥。他没哭，也没叫唤，而是紧紧握着拳头。我们没有妈妈了，在一个本该愉快的周末上午。我们没有做错任何事，我们不应该接受这种结局的。但就因为人间有恶魔存在，我们就莫名其妙被拉入了深渊。不过，和哥哥比较起来，在那场巨大刺激出现时我的心理防御机制启动了，让我与可怕决裂。哥哥没有，他……他目睹了一切，且被恐惧完全地裹挟。尽管如此，他还是紧紧抓着我的手——这是他唯一能够做到的保护我的事。"

"哥哥就是从那天开始变了的。那天之前，他在我的印象中，是每个学期结束那天都打了红脸蛋蹦蹦跳跳去学校的男孩。那天之后，他不再一样。他看人的眼神，始终透着一种阴郁。你我都是学心理学的，学得越多，越会发现我们每个人的性格，属于先天的部分其实占了主导。而筱涵，是个典型的反例。从那天开始，他努力装成一个能够令身边人都忌惮与害怕的人。潜意识里的他觉得，如果他能成为一个这样的人，那么，在突如其来的危险出现时，他就能够用他的强大，保护好他想要保护的人。我想，这也是后来我爸爸离开后，我的世界没有那么悲惨的原因。因为我哥哥还在，所以，外界的一切不好的东西，都会被他推走。我只需要像一棵植物一样，有触觉就够了。因为我触碰到的，是哥哥的手掌。他会紧紧握着我的手，掌心温热，有力。"

"一棵植物……"我终于说话了，"算是一棵受伤的植物吧。"

筱舒耸肩："我明白你的所指。实际上，我这么比喻，确实也是想要你如此理解。是的，树，也是植物。树，也会有伤，也会有伤痕。而伤痕对树而言，就成就了树洞。所以，我是我哥哥收纳秘密的巨大树洞。只有我知道，他曾有过红脸蛋蹦蹦跳跳的模样，是阳光与可爱过的。而他之后的演变过程，也只有我知道。"

"知道吗？景哲……"她再次端起柠檬茶，喝了一口，再次望向远方，"妈妈走后，我一直都是和哥哥睡的，没有他握着我的手，我就没法入睡。一直到我考上大学，离开这栋你此刻所处的小楼。"

"所以……"她顿了顿，"所以，人们对于同一件事情的记忆，并不是一样的。海阳市尽人皆知的百货大楼疯子伤人事件，所有过程，都被传得绘声绘色。可实际上，在现场的当事人、死者至亲的人，对于那一切所保留下来的记忆，与大家所获取的故事，是完全不一样的。人们以为我们知晓事件的全部，其实，于我们，那一切也是破碎的。只不过，作为当事人，人生的改变，却是基于这些破碎而拉开帷幕的。"

她顿了顿，举起了手里的柠檬茶，与并没有人认领的那杯碰了一下："最终，我哥哥，才变成了现在的模样。"

她没再说话，似乎这个故事已经结束。但她望着我的目光，却没有移开。我意识到，她并不是需要一个聆听者，相反，她期待着我和她对话，并抛出我的某些观点。然后，她就可以开始反驳，抑或是被我说服。实际上，她反驳抑或同意，都无甚意义。没有几个人，真能轻易接受他人的观念。很多时候，我们选择与人聊天，都不过是为了自己能够有机会倾诉。至于互动，不过是为了使自己单方面的倾诉显得没那么自私罢了。

几十分钟前，我对于和她进行一些深入的沟通抱有很大的兴趣。我的脑子里，不断构思如何牵引她聊到她哥哥筱涵，期待她能说出一些能够让我捕捉到线索的话。可是到几十分钟后的这一时刻，筱涵已经死了。我身旁的这个她，应该是知晓这一噩耗，但她装不知道，还关了手机，不用接受这个噩耗被坐实的通知。同样地，我也知道。但我也必须装作不知道，坐她身旁。

　　我们是两个都收藏着秘密的人，但对方的秘密是什么，我们都并不知道。又或者，我们也都略知一二，未知的，更多而已。正如在她看来，一位被她哥哥亲手杀死了女友的心理学专业的男子，走进她的世界，究竟是什么目的呢？

　　于是，我也端起柠檬茶喝了一口。有点酸，不够甜，无法与我和韩璐一起喝过的柠檬茶相提并论。突然间，我意识到，如果筱涵已经死了，我走进观察者心理咨询中心的目的，似乎早就没有了意义。那么，我完全可以和筱舒一样，不用太过刻意地衡量自己的每一句话。甚至，我也可以倾诉了。

　　我放下柠檬茶，像她一样，望向远处的海阳河："我父亲在的时候，我有个家。后来为了给我妈治病，把那房子卖了。所以，我现在住的地方，也是这么一栋小民房。而且，我也住在顶楼。不过，我住的顶楼，没有这么大的天台。从窗户往外望，看到的是乱糟糟的城中村。"

　　"筱舒师姐，你说得没错，记忆，并不是真实发生过的，而是看我们自己如何从中选择，再如何为了迎合自己的需求，进行记录。我的小阁楼的条件不是很好，但小空间对我与韩璐来说，是一个温馨与舒适的所在。台风最大的那次，我们俩站在窗边，用力按着被我们贴满了胶带的窗户，害怕它被吹下。嗯，我想表达的是，再大的风雨，再拮据的生活，因为有韩璐，都变得没那么窘迫。那天的台风在窗户缝隙中吹过，发出凄惨的声音。可我们望向对方，能看到爱人在艰难生活中依旧乐观的脸，就……就特别好。"

我深吸一口气，呼出，继续道："和你一样……世界上发生过的事，当事人知晓的，其实并不一定就是全貌。正如小时候的你，明显是启动了心理防御机制里的隔离，将那段足以让你崩溃疯癫的记忆排斥在外。可我不同，我是男性。我父亲走的时候，我十七了。我意识到，我成了家里唯一的男人，不能回避，需要面对。可选择面对之后，我的人生就变得非常灰暗。直到我遇见韩璐。可是呢？嗯，我到现在也没勇气去了解她死亡时的任何细节。她有没有挣扎？有没有呼救？她的最后时刻，会不会喊出我的名字？我都不知道，也不想去问起，因为我害怕知道。筱舒师姐，我们都是学习心理学的，我们都知道，给自己的内心世界建筑起一道防线，是非常重要的。有些事，我们要学会接受与面对。况且，这些事，已成定局，那么，拘泥其间，就是将自己按入深渊，无法自拔。"

我长叹一口气，身体往后，仰面朝向天空。已经暗下来的天空中乌云涌动，似乎有一场新的雨水开始酝酿。接着，我的眼泪开始漫出眼眶，快速滑向我的两鬓，进而被发丝收拢。

"可是，学再多的心理学知识，也无法让自己不去想她。只要闭上眼，就会揣测她在最后时刻里哭泣着的模样、声音。就会共情到她在临别时刻里，舍不得世界上剩下的一个孤零零的景哲……因为，这个景哲，是她在这世间唯一的亲人。正如她也是我在这世间最后的亲人。"

"行了，别说了。"筱舒打断了我。她站起，往前走了两步。接着，她回过头来，"景哲，今天你留在这里，陪一下师姐吧。我有些心事，不想让人找到。你一会儿睡房间里的床上，不过，请你务必答应我，不要开手机。我……我今晚不想任何人找到我，只想在这天台上，看会儿星星和月亮，可以吗？"

"嗯！"我点头，但我不想转向她，因为我不想她看到我的眼泪。我站起，转身，径直往后面的房间里走去。此刻的我，变得不想和任何人多说话了。她不想让我知道的真相，其实我早已知晓——她哥哥已经死掉了。而且，她是事先知情的，也并没有选择阻止。那么也就是说，她放任了筱涵的自杀，是另一种意义上的帮凶。

我走进了阁楼的房间，并没有将门带拢。房间的书架上有很多书，都是心理学方面的。我随便拿起一本，然后在床边的小沙发上坐下。面前的茶几上，摆放着一盏蜡烛灯火，火苗扑闪扑闪，应该是客栈老板送柠檬茶上来时给点上的。伴随着烛火的闪耀，我还闻到一股非常清新好闻的味道。我想，这蜡烛里应该是加了某种精油吧，能够带动人情绪的走向。

我随意地翻着书，也不时瞟一眼天台上的筱舒的背影。她好像成了一座雕像，就那样坐着，对着远处的海阳河，一动也不动。而她旁边的台子上，放着两杯柠檬茶，一杯是属于她的，另一杯是属于那个她所说的不会来了的人的。

就这样过了好久。突然，一件发生在中午的小事，在我脑海中蹦了出来——筱涵临走时，还将饭桌上的剩菜打了包带走……

他没有想要自杀，在他今天的计划里，还有着晚饭用中午的菜给打发一顿的安排。又或者，他改变了决定，但最起码，在他今天中午离开海阳大学时，没有这个自焚的决定。

一个像他那般努力维持自信模样的人，一般很难改变自己的决定。除非，这种改变他决定的外因，强大到能够轻易击碎他的外壳，直击这种用自信掩盖自卑的人内心深处柔弱的部分……

筱舒在麻风岛上出了一次门，打了一个很长时间的电话。她出门前，听苏奶奶说了韩璐的生平事，然后心事重重。她放下手机后回来，步子轻了很多，仿佛做了个很重大的决定。接着在那之后，她领我离开小岛，去往消防队对面。这一系列行为，一气呵成，没有一丝拖泥带水。

那么，她在麻风岛上的那个电话，是打给谁了呢？

我不想往下质疑，因为答案对于警方来说，是非常容易取得的。我看了天台上的筱舒一眼，她还是背对着我。我拿出手机，开机，信息就弹出了，是李淳发过来的：

你是不是和筱涵他妹妹在一起？我们现在联系不上她，她是死者家属。

我回复：

是，不过事情好像不是这么简单。你能不能帮我查下下午三点左右，筱涵是不是接了个电话，聊了有差不多二十分钟。

我将信息发了出去，接着我想了想，又发了一条：

筱涵的车上，以及自焚的地方，搜下有没有一个饭盒，装饭盒的塑料袋上印着海阳大学。

他没有立刻回信息给我，于是，我将手机放到旁边，拿着书翻了翻。天台上的她，还是维持着之前的模样。这时，有了些风，于是，她的头发被吹得飘舞起来。

李淳的信息到了，两条。

筱舒三点十分打了个电话给她哥哥，说了十八分钟，三点二十八分挂了。另外，我们有同事在追踪筱涵下午的行动轨迹时，找到了这一段监控视频。

第二个信息，就是一段黑白的路边摄像头拍下的视频。视频里，一台车缓缓驶入画面，在一个路边的垃圾桶旁停下。接着，驾驶室位置的车门被打开，筱涵出现。他手里提着一个塑料袋，塑料袋里明显可以看出是两个饭盒。他走向了垃圾桶，将饭盒扔进了垃圾桶。

而这段画面右上角显示的时间是，下午三点三十三分，也就是他和筱舒通完电话的几分钟后。

我回了句：

明早再联系我，筱舒明早才会开机。

我再次将手机关机。

我的思绪开始变得复杂起来，因为短短一天多的时间里，我要从一个身份往另一个身份里进行代入。所幸作为一个警察的儿子，我的童年时光里，对于自己从警的未来有过无数次的预演。而父亲的离世，将这段预演截断了。可是，紧接着我又要再次跳脱出来，走进观察者，观察筱涵。

我是失败的，因为我没能走近筱涵，他就已经死去。相反，我走近了筱舒，收获到的碎片印象，令自己对整个事件有了一些新的揣测。因为作为筱涵在这世上最为亲近的人，同时也是一位心理学专业高才生的筱舒，完全有可能引导本身就有着心理压力的人选择自杀。况且，事实证明了，筱涵在结束了与他妹妹的通话后，就将车上准备拿来当晚餐的饭盒扔进了垃圾桶。

他没有了晚饭的计划，因为在晚饭时分，他正在将自己点燃。他的毛发会最先开始燃烧，发出臭味。被蓝色火苗裹挟着的他，甚至能闻到这种臭味。紧接着，他的皮肤开始裂开，他应该会开始哀号。当他哀号时，火苗会顺着他的口腔和鼻腔涌进他的喉管……这时，他会尝试放弃自焚，尝试自救吗？抑或，他会选择安静，内心中充满对死在他手里的韩璐的忏悔，宛如赎罪吗？

我的思绪混乱且复杂。如果我将自己完全代入自己即将成为的警察这个身份，我接下来的工作是结束还是有了新的开始呢？我无法做出决定。

同时，作为眼前这位天台上发丝随风乱舞的女人的师弟、下属，或者说朋友，我又有着对对方的怜悯、关切，甚至还有担忧。尽管，她并不知道我已知晓发生了的一切，进而能共情到她内心的所思所想。

作为韩璐的爱人，我又是欣慰的。因为在今天，让我咬牙切齿的凶手，终于死去。

我和韩璐蜗居的阁楼，并没有天台。大风的夜晚，她把窗户打开。窗户前，是我们那张旧书桌。她身上穿着我的白色T恤，盘腿坐到书桌上，任由大风将她的头发吹得飞舞开来，像是老港片里的老妖。然后，她嘴角上扬，冲我张牙舞爪，说："我每天要吃三百个青年男子，今天已经吃了两百九十九个。而你，哈哈，就是我的夜宵。"

她被我一把抱了下来。本来有她压着的书桌上那厚厚一沓论文，瞬间被风吹动，小小的房间里，白纸像是大风中的白色蝴蝶，肆意飞舞。而本来要亲吻她的我，和本来要吃下最后一个男子的老妖，在大风中，开始追赶每一只蝴蝶。

生命中有过的她，与她的生命中有过的我，最大的区别是，她终将成为我记忆中的过往，虽是永恒。

我会遇到下一个人，然后在与下一个女孩相处的日子里，时常怀念着她——一个没有未来的人。

而在她短暂的生命中，我是她的全部……永恒的，且是唯一的。

所以，对彼此而言，我成了这场不公平情感中的受益者。

四月的海阳，还有着微凉。

我侧躺在床上，看着外面的筱舒。她的双腿笔直，右脚搁在左脚上。她的双手环抱胸前，这是一个自我保护的姿势。

沙发上有叠好的毛毯，我拿起，给她送了出去。她接过了，冲我点头，嘴角象征性地上扬。这时，我看到夜色中她的脸上，挂满了眼泪。我问："你……你没事吧？"

她说："没事，想过去的事。"

"哦！"我应了，又说，"我下去再要个房吧，这里你睡。"

她努了努嘴："不是说好了陪我一下吗？你就在里面待着吧。"

她望向远方："小时候，天热的日子，我哥哥就领我睡在这天台上。那时候，他对我说，如果某天他和妈妈一样，和爸爸一样，离开了这个世界，那么，他的灵魂就会回到这个天台。因为他相信，已经离开了我们的爸爸和妈妈的灵魂，也在这个天台上默默守护着我们，只是我们看不见他们而已。到他也成了一丝亡灵，那么，他自然能看到他们，并和他们一起，在这天台上守护着我。"

"嗯！真能看到吗？哥哥……"她又好像不是在和我说话，声音更小了，自言自语道。

我回到了房间，侧身躺着，看着她，看着一个感受亲人离世痛苦的她。

我突然意识到，天台上的她，于这世上，孑然一身。

我们说的抑郁，很多时候，只是一种情绪。也就是说人们津津乐道的这一流行词，很多时候，并不是真正的病症，而只是抑郁情绪而已。

情绪，往往只是短暂的，充斥着某个时间阶段而已，过了就过了。如若这种低落的情绪持续很久，那么，我们就不能将之定义为情绪，而是谓之心情，或状态。也就是我们平时说的如"心情始终沉重"，或"整个夏天都很低落"。

人们总会对抑郁症有一种误解，认为抑郁所对应的就是快乐。于是，便将这种因为某个人某个事产生的不快乐的情绪，以及低落心情，都解读为抑郁。这，其实是错误的。抑郁，所对应的并不是快乐，而是活力。换言之，抑郁情绪或者抑郁症患者都是会微笑的。困扰他们的是他们对任何事都提不起兴趣来。

所以，对心理学有了一二了解后，我就再也没有为自己会不会和我母亲一样患上抑郁症而担忧。因为不管经历什么，我都会努力往前看，且坦然接受悲伤与低落情绪在某些阶段里的肆虐。

筱舒也是学心理学的。那么，这个选择独坐在天台上望着远方的她，其实也是选择了承受悲伤。

悲伤，是不会把人压垮的。能压垮人的，是希望的缺失。

意识到这一点，便也不怎么担心她了。房间里点着精油小灯，让人容易放松。于是，我居然很快睡着了。这一觉，还睡得挺死的。到我醒来，天边已经微亮。我忙扭头去看外面，天台上已经空荡荡，筱舒不见了。

我连忙起来，床头柜上有张A4纸，上面写着：我先走了，我哥出了点事。

我知道，其实只是早就知道这一结局的她，终于开始面对了而已。

我走上了天台，她昨晚坐着的椅子还在。我坐上，将腿伸直，模拟着她的坐姿。然后，我尝试用我对周遭事物的感受，来共情筱舒在失去了亲人后的心情。

突然间，我开始明白了她昨晚的话。她说她死去的亲人会来到这个天台，守护在她身边。那么，坐在天台上相信这一点的她，在昨晚微凉的夜晚里，就不是孤独的。在她看来，她那被人砸开了脑袋的妈妈，她那被疾病带走的爸爸，以及她那自焚后的哥哥，都和她一样来到了这个阳台，陪在她身旁。

我想，失去了韩璐的我的世界里，韩璐也应该回来了吧！所以，在我们那小小的阁楼里，她就会无处不在。我打开衣柜，推开窗户，掀开被子，关上门……我的每一个举动之间，她都会默默来到。她会站在我身边。

而我所看不见的她，还是她曾经活着时候的模样。

第二部分　谷宇

我是谷宇，海阳市公安局刑侦大队刑侦二科刑警。我懂一点点心理学，但，我不懂我自己。

第七章　用篮球当凶器的人

1. 噩梦之中

2017年3月30日，我再一次从噩梦中醒来。

梦里，是前一晚出现场时看到的那已成焦炭的筱涵。他突然站起，与我直面。他说："我没有杀人，可你们为什么要我死掉？"

梦里的我说："我有证据证明是你杀人，由不得你自己来判定。"

然后，他就笑了。泛着油光的黑色嘴唇张开，里面是显眼的白色牙齿。

作为一名刑警，在我所经历过的那么多噩梦中，这一场其实不算什么。我所代表着的有光芒的一方，与阴暗中那些不能见光者的博弈，本就是我的职责，我无所畏惧。于是，梦中的那一刻，身后一只手臂搭到我肩膀上。接着，一个一度令我感觉安全踏实的高大身影，缓缓出现。他往前一步，来到我身前。他肩膀上的肩章，有着耀眼光亮。他耸肩，嘴角上扬，依旧是对眼前狰狞的对手毫不在乎的模样。他说："如果我在，你早就被我们定罪了。"

而这个站在我身前的高大身影，就是我的师父——市局刑警队曾经的副队长景海峰。于是，站在他身后的这个我，收获到的应该是安全与欣慰才对。

不。

相反，我开始惶恐起来。因为……另一个他，即将出现。

梦中那如同焦炭一般的对手身后，也是漆黑一片。那团漆黑中，有着一双眼睛，正在死死盯着我。他开始缓缓移动，终于现身。

他是景哲……他的眼睛里，是怨恨与恶意。

我惊醒，猛地坐起，后背上都是冷汗。黑暗中，一双柔软的手，将我的手握住，是余穗。

"又做噩梦了吗？"她问道。

我"嗯"了一声，看表，两点四十分。我再次躺下，背对着她，闭上眼睛。我知道，这又是一个无法再次入眠的夜晚。但，就这样吧……师父走后的这几年，我经常做噩梦。噩梦中，让我害怕的并不是各种人和事，而是他的儿子景哲的眼神。真实世界里，他的这个眼神，我只见过一次，在师父走后的某一个下雨的早晨，且还隔着一整条街。但，这一画面于我意识中，如同烙印，深深留痕，我无法抹去。

之后这几年里，我一直关注着他的人生的行进，留意着这个少年逐渐成人。有意思的是，他选择了海阳大学的心理学专业，然后，又考了研。于是，他的很多老师，都是曾经教过我的老师。甚至，他的导师，也是我的导师柏然教授。

学了心理学后，会对人的性格形成的后天因素的作用产生怀疑，尤其是在我熟悉的犯罪心理学领域。但，后天的作用，也是确实存在的。于是，景哲的人生观、世界观和价值观最终形成的这几年里，他所接受的来自后天的影响，与我所经历的大同小异。

他心底那些对我的怨恨，会逐渐磨灭吗？我并不知晓……我只知道，在我行路间、开车时、上楼下楼等瞬间，我总会时不时发现，那双眼睛，会在远处出现。

景哲一直在观察着我，可我不知道他为什么要观察我……

我是刑警，我的工作是将真相从迷雾中寻找出来。但是，我并不想追寻景哲观察我的目的。因为我知道，那谜底可能并不是那么单纯。

余穗和我说过很多次了，要不要把证给扯了，我总是找理由往后拖……

老景——景海峰离世那天的一切，都像烙印一样，深深地烙在我的世界里。他妻子的哭号，景哲的眼神……那一切一切，都让我惶恐。师父这一辈子，大风大浪都过了，再大的危险面前，他也迎头而上，全身而返。最终，他的世界，终结在一次处理流浪汉的小小事件上。也就是说，作为一名刑警，危险究竟在哪儿，无法预估……自然也无法预防与避免。

我的生命，兴许也会和师父一样，终结在我并不设防的下一个瞬间。那么，我用什么来实现对他人的婚姻的承诺。

这个他人，叫余穗。

八点十分，收到队里发来的短信，通知九点半在会议室开会，还是关于"3·21"职业技术学院后山命案的。其实，目前整理出来的信息都指向杀害受害者韩璐的凶手就是筱涵。但是，能够拿上法庭的司法层面的实证，却没有。在对凶案现场进行第三次地毯式搜索时，技术科的同事，在韩璐的尸体旁的一个山坡下方的落叶中，找到了一个被雨水和泥泞裹挟着的避孕套。避孕套里，居然还有一些残余的精液。所以，这个避孕套昨天中午被送到省里进行技术检查，并和筱涵的DNA进行比对。不出意外的话，第二天报告就能够回来。如果避孕套外的体液以及避孕套内的精液，能够与韩璐以及筱涵吻合，那么，我们就能够再次对筱涵实施抓捕。可是技术科的同事也说了，避孕套外的体液，因为这几天下雨的缘故，所以不一定能够检测出来，但避孕套里面的精液的确定，问题不大。

但我们想不到的是，就在我们觉得能够将这个案件落锤之前……昨天下午七点左右，筱涵在自己家里的洗手间里，用汽油将自己淋透。然后，他将自己点燃了……

自焚，是一种让人觉得完全不可理喻的自杀方式。不管是什么人，在选择结束生命的最后时刻，都会后悔。飞舞在空中喊救命的跳楼者、吃下药物后自己跑到医院的求救者，我们都见过不少。唯独自焚，是需要本人以一种近乎决绝的忍耐力才能完成的。甚至，我们认为这是一种常人不可能完成的自杀方式。

但筱涵做到了。他那焦炭般的尸体蜷缩在洗手间的角落里，双手抱膝，头往下低着。他身后的墙上和地上都被熏得乌黑，但因为他选择的是洗手间，墙上和地上都是瓷砖，所以，到他的尸体被带走后，他的家人只需要将这些黑色的污垢用淋浴头冲洗掉就可以了。于是乎，他留在这个世界上最后的颜色，也能轻而易举地消失不见。

法医昨晚就发了信息过来，说筱涵其实在自焚之前，就已经吞食了大量的药物。在他点燃自己的那个瞬间，他是处在一个无法分辨现实与梦境的状态。所以，他弥留之际，可能并不能感受身体的疼痛。但精神上的悲哀，却无法逃避。

我们并没有对他的死去感觉惋惜，甚至我们还在心底咒骂。筱涵在市局被羁押的那两天里嚣张跋扈的模样，早就让我们恨得牙痒痒。到这个节骨眼上，他明显是畏罪自杀。他用死亡来逃避法律的制裁。

但……我们没有想到的是，在今天早上的会议上，薛局黑着脸，给我们读了一个省里发回来的鉴定报告——"3·21"职业技术学院命案现场找到的那一只避孕套，外层确实有受害人韩璐的体液。但避孕套里面的精液，却不是筱涵的。

这个结果，让我们在场的所有人都一下阴了脸。因为这个结果说明：我们专案组上上下下八九个人，从一开始，就走上了一条错误的道路。并且，我们犯下了心理学里最为愚蠢的归因理论——我们将所有线索和发现，都往我们的目标嫌疑人筱涵身上硬塞，并进行坐实。这种情况，在20世纪七八十年代的刑警队伍里确实经常出现，最终又通过屈打成招，完成了对这些案件的结案，但也造成了大量的冤假错案。想不到在信息技术爆炸的现在，自诩为被现代刑侦技术武装的我们，还会犯下这种错误。

可是，在薛局将结果公布出来的同时，另一个问题也一下蹦了出来——既然筱涵并不是凶手，那么，他为什么会在案发时间段里，在现场出现？他急匆匆地上山，又急匆匆地下山，且还无法解释清楚自己在那个时间段里，为什么会去往技术学院后山。再者，如果他不是凶手，那么，他为什么会选择在走出市局后的第二天，用自焚的方式，结束自己的生命呢？

薛局黑着脸看着我们。半晌，他再次吱声了："这个报告后面还有一个附件，就是将从精液中检测出来的DNA放到DNA库进行匹配后的结果。这个结果有点意思，说出来，大家应该也会被吓一跳。"

他端起桌子上的茶杯，浅抿了一口，然后继续道："你们都听说过当时轰动整个海阳市的百货大楼疯子伤人事件吧？凶手叫张金伟，是我和已经殉职的老景亲手给按在地上铐回来的。后来，他被送进了精神病院的特殊病房，不可能再次被放出来。而这次的DNA匹配结果，与这个在市精神病院的张金伟的DNA匹配程度，达到了99.9%。也就是说，这个避孕套的使用者，要不就是张金伟本人，要不就是张金伟的直系亲属。"

他顿了顿："所以，今天，谷宇你去一趟市精神病院。李淳，你去查下张金伟的家属。"

2. 市精神病院

市精神病院以前并不在新城区，前年才搬过来的。这几年有精神问题的病人人数激增，所以，这家以前颇为冷清的机构，现在反而变热闹了。再说，精神病院和其他医院不一样，它不但需要具备治疗病人的功能，很大程度上还需要有收容的作用。尽管，人们会忌讳用到收容这个词，但很多长期住在精神病院里的病人，又确实是另一种意义上，被他们的身边人舍弃与放逐了的可怜虫。

不过，市精神病院有一个区域叫作负一层，住在其间的病人就并不是被收容治疗者了。负一层，是极度危险病人隔离区。曾经令海阳市民提心吊胆的梯田人魔邱凌，当年也是在这隔离区里关着。在他的隔壁，就有着我今天要见上一面的张金伟。曾经在海城百货大楼前当着那么多人的面犯下残忍罪行的他，注定了要永远被禁锢在这地下。

可没想到的是，当我上午抵达市精神病院，并找到医院分管外联的郭副院长，提出要去负一楼见见张金伟时，他却愣了一下，然后说："张金伟不在隔离区病房了啊，他大前年就通过了医院的医师评估，调到了普通病房。"

我的心"咯噔"一下，连忙追问道："那他现在在医院吗？能见到吗？他有没有离开过医院呢？"要知道，普通病房的很多病人，是可以在取得亲属的同意后，偶尔离开医院的。

郭副院长摇头："那倒没有，他是我们医院的镇院之宝，比我们医院的大部分职工的资历都要老，所以，谁敢轻易让他走出医院呢？不过，好像上个月对他又评估了一次。"郭副院长边说边抬手，从旁边的架子上拿下一个文件夹，翻了翻。最后他停在某一页上看了一眼："谷警官，你来得还正是时候，晚来几天，你还真见不到这张金伟了。"

"为什么？"

"他要出院了。"郭副院长笑了笑，"他已经五十多岁了，这么多年的药物治疗与收容，早就把他脑子里乱七八糟的东西给磨得没了。再说，就算是给你们公检法判了个无期徒刑或者死缓的犯人，关个二十几年，也是要刑满释放的啊。在我们这，不是以时间衡量，而是以专业的精神科医生的评估结果来决定。只不过，张金伟的情况比较特殊，手里有几条人命，所以，需要的程序比较麻烦。得，现在刚走完程序，还有七天，他就能出院了。"

"七天？"我眉头皱了起来，"也就是说，他出院的日子，是4月6日？"

郭副院长再次看了一眼桌上的文件："是，就是4月6日。"

4月6日——是那一封署名为"骡"的奇怪的信函上，最后一行所记载着的日期，这日期的后面一句是——他，将重返人间。

而曾经用石头砸死了三个无辜市民的张金伟，也恰巧会在这一天离开精神病院，重获自由。我长吸了一口气，嘴角上扬，对郭副院长说："那趁着他还在医院，赶紧领我去看看这位声名显赫的大人物呗！"

郭副院长笑了笑："他没有你们外人想象的那么吓人，就一普通老病号而已。"说完，他将桌上的文件合拢，领着我往外走去。我和我另一个同事跟在他身后，下楼，出办公楼，往医院中间的操场走去。郭院长边走边介绍着这医院的一些情况，最后指着操场说："我们会让病人们多进行一些力所能及的户外运动，也包括打篮球……"

"那就是张金伟吧？"我打断了他。因为我看到操场上，有着一个剃着寸头的高大男人，正抱着篮球，在大口喘气。他年纪应该不小了，那短短的发楂都是白色。他抱球与奔跑的动作，有着非常明显的长期从事过体育锻炼的痕迹，但他的身上却不再是健硕的肌肉，而是松垮的赘肉。

郭院长点头，然后做了一个请便的手势。我冲他笑了笑，快步往前。

"张金伟。"我冲他喊道。

这满头白发的高大男人回过头来，愣了一下。我想，这是因为他看到了我身上的警服的缘故。他将手里的篮球朝着旁边人抛去，将手掌在衣服上擦了擦，大步走来："我……我一早就看见有警察来了我们医院，一早就知道你们应该是来找我的。"

还没由着我说话，他又自顾自地回答："没错，是来找我的。警察也会评估一下我能不能回家的。"

他朝我伸出手来，我犹豫了一下，最终还是握上了他的手。他的手很大，肉乎乎的。这只手，一度握着石球，将无辜人们的头颅砸得稀碎。而也是这一次与他手掌的接触，我感觉他的手心有一点点凉。按理说，我到来之前，他在打着篮球。那么，运动中的他，手心应该是温热的才对。而人们手心有汗且凉的情况，只有在当事人被一种叫作恐惧的情绪裹挟着的时候才会出现。那么，也就是说，我面前的张金伟，此刻心中有着恐惧与害怕。再加上他又说自己早就看到了穿着警服的我们的出现。那么，我可以理解成为——从我们走进精神病医院，并被他看到那一刻开始，他就在担惊受怕。

他害怕什么呢？害怕与警察面对？这点我觉得可以理解，

因为我们头上戴着的金色徽章，象征着维护社会安定的强势力量。而曾经犯下重罪的他，在这种力量面前，有着因为他在当时事件后所习得的一种畏惧感。再者，还有几天，他就要离开精神病院重获自由了。那么，我们的出现，意味着他的这一新生又有了某种变数。

不管是哪一种……可以肯定的是，此刻我面前的他，是心怀恐惧的。掌握着诸多心理学知识的我，就总是这般，能够在这些日常的生活习惯中，捕捉到人们的真实心思。

"放松点，只是过来看看你。"我并不希望他对我设防，安慰他道。

"嗯！"张金伟点头，将手抽出来，扭头左右看，说："我给你们去倒两杯水吧！"

"不用。"我微笑着，"真不用太紧张，我们就只是过来看看你，想听你说说这些年过得怎么样，以及，过些天回去后，有些什么样的打算。"

"我？我过得怎么样？"他重复了我的问句。接着他的嘴角也努力上扬，开始深吸气，像是有长篇大论要展开。可末了，他居然是再一次重复了之前自己说的话题："我想给你们倒水，你们说不用，好吧，那就不用吧！"

我的心微微颤了一下。从见到他开始，张金伟说出的话，都会有着自己与自己进行一问一答的循环。也就是他所说出来的每一个问句，他都必须由自己将之答复清楚，再进行确认。

精神分裂最大的问题，就是他会和一个虚无的声音去进行对话，而那个声音实际上并不存在，只是在他自己的世界里凭空出现的。而此刻的他，始终和自己在对话。那么，他的脑海里，是不是还有另一个声音存在呢？

不过，话说回来，也可能是我的多心。因为他的这种重复，又像是一位反应迟钝的老者的啰唆与唠叨罢了。

他开始耸肩，再一次深呼吸。我想，两次连贯的深呼吸，终于令他放松了不少。他开始说话了："我待了很久了吧？没错，我甚至已经记不清楚自己在这一个小小的地方待了多少年了。给我评估的医生们问过我这个问题，我也是跟他说不知道多久了。然后，他们居然不满意，说你怎么会连日子都记不清楚呢？我当时就挺委屈的，反问他们，那你们知道我待了多久吗？他们要去看病历，还要在那儿计算。那么，一个每天重复着同样的日子的人，不记得了，稀罕吗？"

他又一次开始自问自答式的重复："自然是不稀罕的。"他没看我了，抬头去看天空，"我每天吃着寡淡的食物，和一堆五颜六色的药物。过的是没有任何颜色、重复也枯燥的生活。尽管如此，我明白，我这是罪有应得，给我曾经疯癫时的行为埋单。警官，人的一辈子并不长，而我最好的时光，已经在这一丁点大的空间里消耗干净了，剩下的时间里，我怎么会不去好好生活呢？我好了。嗯！我想，我确实已经好了。要知道，我已经很久没有和那些并不存在的人说话了。这，不就是你们所说的病好了的状态吗？"

他说完最后的这个反问句后，并没有选择自己给出确定回答，似乎到此刻，他才算是完全放松下来，语言组织能力也变得和我们正常人差不多。所以，我可以将他与我交谈伊始不断重复的一问一答，解读成他在看到我们时的紧张，以及他那莫名其妙的恐惧所致。

"好吧！我知道了。"我再次抬手，作势与他握手告别。因为，我想了解到他此刻内心中的恐惧是否消散。张金伟也连忙抬手，再一次握住了我的手……果然，他的掌心已经开始有了温热，还有点黏黏的，像是有出汗。

我松开了他的手，扭头向院长站着的位置走去。如果，这是一次对他是否还有精神疾病的评估，我会觉得，张金伟或许并不合格。因为他在和我对话的最后，有一次非常明显的说谎——精神分裂者会有与虚无的个体进行对话的情况，而张金伟的阐述中强调了自己并没有和并不存在者对话了，也就是说，他用一种贼喊抓贼的逻辑告诉了我，那个与他对话的虚无的个体，在他的世界里依旧存在，只不过他没有将他们的对话让外界知晓而已。我相信，在他那封闭的自我世界里，对话一定存在。

不过，那又怎样呢？现代社会是需要包容的，我们评估一名精神病人是否能够回归社会，标准并不是他的病症是否痊愈，而是他是不是会对社会、对他人构成威胁。

目前看来，二十多年寡淡生活的打磨，已经将这名曾经的篮球运动员、曾经的杀人凶手变成了一名唯唯诺诺、随时想要对他人进行迎合的老者。

对社会而言，这是好事。对他这么个个体而言，是否又算是残忍呢？

我不得而知。

郭院长见我走到跟前，连忙问道："这么快吗？"

我点头，笑着说："本来就只是过来确认一下人还在不在而已。人在这儿，其实见不见都无所谓的。"

我和我同事就开始往外走，郭院长送我们到停车场。车发动了，我却又一次想起了那封署名为"骤"的纸条。于是，我将头探出车窗，问郭院长："对了，这张金伟哪一天出院的事，知道的人多不多？"

郭院长想了想："不多吧，就是一个普通病人出院而已，医生护士总是知道的，外面的人……嗯，他家人也是知道的。"

"他的家人？"我看了下表，李淳现在应该也已经展开调查了。

"那……他的家人来得多吗？"我再次问道。

"不多！这个……这个我也没怎么留意。好像之前有见过一次他儿子，也很高大，好像是在体校当教练的。"

我皱眉了："哪个体校？挨着职业技术学院的那个吗？"

郭院长点头："就是那儿。"

我们的车驶出了市精神病院。

张金伟的儿子在体校工作，而体校就挨着职业技术学院，从职业技术学院去往体校，要经过的正是韩璐遇害的那个后山。也就是说，张金伟的儿子肯定是有听说3月21日那天，后山发生的奸杀案的。且，他也是准确地知道4月6日，曾经的杀人恶魔将出院的信息的……

我开始意识到，这一切之间，似乎有着关联。我拿出手机，打给了李淳。

李淳很快就接听了："干啥呢？"

"你在体校？"

"嗯，在等张金伟的儿子下课。咦，你怎么知道的？"

"我在张金伟这边了解到的。"

"谷宇，我还正有个事想要说给你听。你记不记得七年前我们跟师父一起接手的最后那个命案？"

我愣了一下："你说的是韩璐的姐姐？"

"对，"李淳继续道，"她当时就是想要穿过技术学院后山的小路去往体校，送一杯自己做的咖啡给她男朋友。这事，你也应该有印象吧？可你绝对想不到她男朋友是谁。"

我："不会是……"

"没错，就是张金伟的儿子张小博。"

我抬手看了下表："我现在就过来。"

"你直接回局里吧，我们已经通知了张小博，一会儿要跟着我们回市局接受讯问。"

3．一个等待幸福的人

我们回到市局时，李淳他们已经先到了。我们目前还只是以传唤的方式将张小博带了回来，所以，不可能像是审讯犯罪嫌疑人时那么严格。

于是，当我听说李淳还是占用了一间审讯室时，觉得这家伙明显有点小题大做。可当我上了四楼，朝着走廊前方那扇大铁门迈步时，一种不好的预感也慢慢涌现……避孕套里遗留物里的DNA说明使用者很大概率是张金伟父子中的一人。而张金伟一直在精神病院没有外出过。那么，本来就在技术学院附近工作的张小博，自然是有着重大嫌疑。

再说，李淳虽然看起来毛毛躁躁，但实际上他的心思很细。他将张小博领进了审讯犯罪嫌疑人的审讯室，自然是捕捉到了一些什么细节。也就是说，这位被他带回来接受讯问的张小博，很可能马上就要换上一个新的头衔——犯罪嫌疑人。

我进去时，发现我们队里的女警梅姐也在里面。梅姐做外勤比较多，因为她并不像大家想象中的女刑警模样。相反，她有着一张大圆脸，以及和这张大圆脸非常匹配的矮胖身材。所以，她着便装在人群中一站，就好像是把一杯水倒入了海洋，瞬间和周遭融为一体，不会令人产生任何怀疑。

见我进来，梅姐看我一眼。我冲她点头，她自然会意，笑了笑，往外走去。坐在审讯桌前的李淳也笑了，冲对面坐着的人说道："好了，介绍一下，这位是我搭档，搞犯罪心理学的谷宇。今天对你的询问，就由我们两个人开始。"

"加多一个人吧！"一个声音从我身后响起。我扭头，看到景哲出现在门口。他身后是薛局，冲我们点了下头，转身走了。

对于我和李淳来说，景哲就像是我们的一个弟弟一样，自然是欢迎的。只不过，令我在那一刻皱眉的原因，是此刻的他，应该还在观察者心理咨询中心里待着的。转念一想，昨晚筱涵都已经自杀了，那么他待在那边，本就没有什么意义。

景哲没说话，他冲我和李淳点了点头，然后坐到了审讯台侧面靠墙的一张椅子上。

李淳站了起来："也不是个多大的事，普通讯问而已。谷宇，你来做下记录吧。"

我点头，过去坐到了审讯桌前，拿起了纸和笔。

审讯犯罪嫌疑人是有硬性要求的，必须两个人以上。优秀的审讯专家，就会很好地利用两个人的优势，分工为唱红脸与唱白脸两个角色，一步步将对方的心理防线给摧毁。只不过，在真实世界的审讯流程中，我们绝大部分的审讯人员，都没有搞得那么有技术性。一般来说都是一个人负责问话，另一个人负责记录而已。只不过，负责记录的人，并不是在那儿抄抄写写就可以了，他还有一个很重要的任务，就是观察。观察被审讯人员的表情、肢体语言，甚至包括是否握拳或者是否有抖腿。

　　而此刻坐在我们仨对面的张小博的表情，就有点奇怪。按理说，我们现在对他只是传唤，并不是说我们已经将他定义为嫌疑人。可是，身材魁梧健壮的他，却跟个小姑娘一样，整个身体都是以一种非常拘谨的模样往后缩着。他的双手握拳，手臂放在胸前审讯台的台面上。他的双腿往内且交叉，躯干紧绷。在我们三个人此刻将目光一起望向他时，他还急急忙忙地回避我们的目光，抓起台面上的茶杯喝了一口。

　　"张小博，我们只是就3月21日发生在你们体校附近的一起命案，和你进行一次简单的询问而已。所以，你不用太过紧张。"李淳微笑着说道。

　　我手里握着笔，但并没有着急记录，反而将椅子移了移，身体也往后靠了靠。这样，整个审讯室都在我视线范围以内。我能够很好地观察到张小博的表情以及肢体语言。同时，坐在一侧参与审讯的景哲的表情以及肢体语言也能被我尽收眼底。我知道景哲对我有着恨意，就像是一个弟弟对他闯过祸的哥哥的恨。但是，在哥哥眼里，依旧希望自己能够帮助弟弟，不要犯下和自己一样的错误，闯下一样的祸。

　　张小博将手里的杯子放下了。他冲李淳点头："嗯，我明白，只是问问话而已。再说了，我当时压根儿就不在市里。我们篮球队的所有人都知道的。"

"你当时在哪里？"李淳继续问道。

张小博："之前不是跟你说过一次吗？我领着我孩子去了大悦湾看海。"

"嗯。"李淳点头，"问题是你的唯一不在场证人，是你三岁半的儿子。包括你的妻子也不能确定你那天是抱着孩子去了哪里。"

张小博低下了头，不吱声了。他沉默了十几秒后，再次抬头："反正，我与你们要了解的凶杀案无关。我也是今天才知道死的人是小璐。"

"小璐？张先生，你认识死者？"我明知故问地插嘴问道。这时，李淳也扭头过来看我，并冲我点了下头。我想，这也就是他突然间对这一次的讯问，看得如此重视的原因。

没想到的是，坐在旁边的景哲居然先开口了。他说："不但认识，而且他们还有过一种可能，成为亲戚呢！"他摇了摇头，"张小博是韩璐的姐姐韩琳的男朋友。而当年韩琳之所以要走上技术学院后山，就是要抄近路去体校，送一杯自己磨的咖啡给她当年的男友张小博……"他似乎还要继续，但我和李淳都冲他使眼色，他意识到还只是一个旁听者的他，不应该说太多话。他抿了抿嘴，没再说话。

张小博再一次低头了，他叹了口气："那时候我也小，毛毛躁躁的。早知道会发生这种事，我就不会同意要她给我送那杯咖啡了。"

李淳似乎没兴趣听我们说当年的案子，他将节奏带回到了现在："张小博，其实，今天之所以叫你过来，我们是掌握了一些东西的。提供信息的人你也知道是谁，就是这段时间想要和你办理离婚的你的妻子王蓉。她言之凿凿，说你那天前一晚就抱着孩子出去了，一直到第二天下午才回。而且她还说你回家第一件事就是进卫生间洗澡，并且把换下来的衣服直接给洗了。"

"我……警官，总不可能有人会抱着自己才三岁的孩子出去干那种伤天害理的事吧？"张小博看起来有点着急，他深吸了一口气，吐出，"好吧，我也直说吧。我不介意和王蓉离婚，这种日子我也过得够够的了。她家总觉得我是高攀，看不起我。而我，只不过想让目前这么一个看上去和和美美的家庭能够多维持一小段时间，等到我爸回来时，能看到一个美满幸福的家，我就心满意足了。至于之后是离开还是继续这样闹下去，我都无所谓。"

"张先生，你把话题扯得有点远了。"李淳打断了他，"我们并不在乎你的家事，等你下课的那大半个小时里，你妻子王蓉确实和我们说了不少话。她在意的，也并不是你说的这所谓高攀之类的话题，相反，她认为你那一天在外面，就是与别人发生过性行为。张先生，女人在这方面比较敏感。所以，我希望你能够将你那一天做的事一五一十地交代，不要隐瞒。"

张小博咬了一下嘴唇。

其实，从我们这一次询问开始，我们就看出这男人在隐瞒某些事。他不止一次地岔开话题，希望将我们的关注点吸引到他的家庭问题上。不过，凭我们警察的直觉，他又并不像是一个与韩璐的死有着关联的人，因为他此刻呈现出来的惊恐，并未到一个足够的层级。而我们咬住这家伙不放的原因，就是那一枚被丢弃的避孕套，是能够直接证明他与韩璐有过身体接触的证据。

果然，他叹气了。他开始扭头，去看旁边的那一片巨大玻璃。玻璃上，能够看到他自己的模糊模样。接着，我可以很明显地看出他的身体慢慢松弛了下来。我意识到，他要说真话了。

"我……我那天和我一个网友在一起，整晚，一直到第二天早上她才离开酒店。房间是她开的，所以，你们不可能查到我的开房记录。不过，你们可以去查那家酒店的监控。"

"你抱着自己的儿子，去与一个网友玩了个一夜情？"李淳瞪眼了，"张先生，你玩得挺花的啊。"

我倒没有像李淳一样大惊小怪，相反，一个大胆的猜想开始出现。我继续追问道："你说你那名网友是早上离开的酒店？嗯，张先生，那她离开酒店时，有没有带走你们房间里的什么东西？"顿了顿，我又补充了一句，"比如说你们用过的避孕套。"

张小博愣了一下，他想了想："你这么一说我还真想起来了，她当时很奇怪。说要走的时候很着急，可临出门的时候又有点磨磨蹭蹭。到她走了后，我才发现，她把垃圾袋给带走了。"

李淳扭头了，他看了我一眼，而我那一会儿也正望向他。我和他刚进刑警队开始就是搭档，长期以来都很有默契。而此刻，我想他和我一样，都开始意识到，出现在技术学院后山的案发现场的避孕套的出处，很可能另有蹊跷。

"你那网友叫什么？你有她的联系方式吗？"李淳问道。

张小博答："我只知道一个有着很多奇怪字符……嗯，就是那种繁体字不像繁体字，生僻字不像生僻字的字符所组成的网名。我们也没有留过电话，就只是在一个软件上认识以及联系的。那天以后，她也拉黑我了。这种事，在社交软件上都这样，一夜情后，大家各自过回各自的生活，各自回归各自的家庭。"他说起这些，还很是一本正经。看来，在玩一夜情这事上，他还是个老手。

我冷笑了一声："嗯，最后，你就抱着你三岁多的儿子，走出酒店，回归到你自己的家庭？张先生，你确实是个顾家的好男人啊。"

"你不是说酒店的房间是她定的吗？"李淳还不死心，继续追问道。

"对，你们顺藤摸瓜应该可以查到。对了，对了，她是复姓，欧阳。开房的时候她出具身份证时，我瞟了一眼，看到了。"

李淳站了起来："你把那个酒店名字和当时的房号告诉我，我现在就去系统里查一下这个女人的情况。"

景哲却再次开口了，他望向我们，小声说道："我记得听我爸说过，当年百货大楼疯子杀人事件里有一个受害人就是复姓欧阳……"

我冲他点了下头，站起来就往外走。我隐隐意识到，这一系列事件，似乎都能被同一根线串起来，那就是张金伟。而那一封署名为"骡"的信函所标注的即将重新走入世界的恶魔，十有八九说的也正是张金伟。

我走出了审讯室，往机房走去。机房是我们局内部的习惯称谓，以前是叫档案室。只不过，以前的档案室堆着的是纸质文件，现在都是计算机作为替代。所以，大家要去档案室查个什么，都是说上机房看看。互联网日益发达的现在，机房能够给我们提供的数据，变得非常多。所以，对于张小博所说的这个开房时留下了身份信息的复姓欧阳的女性的所有资料，在机房都能查到。

景哲也跟着我出来了，问我是不是要去查这个欧阳。我点头。这时，门口还有同事路过，我便唤这位路过的同事进去陪着李淳继续讯问。然后，领着景哲往机房走去。

没走出几步，景哲在我身后说话了："谷宇，前些天的那封信里的骡是谁，我想，我或许有眉目了。"

"说说。"我停下脚步，扭头看他。

　　景哲回避着我的眼光："我并不是说我查到了真实世界里的骡是谁，而是我猜到这个送信人取的'骡'这个名字的由来。"他将头扭向一边，继续道，"你看过《银河帝国》吗？里面有个大反派，就叫作骡。而这骡有一个技能，还挺心理学向的。他能……他能给人埋下一个信念，这信念就好像是一颗种子，在人的心灵深处生根发芽，自己长大，进而去做很多骡希望他去做的事情。"

　　"那不就是和行为操控差不多吗？"我问道。

　　景哲点头。他回过头来望向我了，目光灼灼："没错，骡的特长就是会行为操控。"

第八章 行为操控

1. 坐实

行为主义心理学，是现代心理学里影响最大的三大流派之一。另外两个流派分别是弗洛伊德开创的精神分析学派，以及以五层需求理论的缔造者马斯洛等人为代表的人本主义心理学。

行为主义相对来说，是最为务实的一个心理学流派。因为他们研究的问题，都能被快速论证。比如最为有名的斯金纳箱，老鼠在箱子里必须习得按下按钮的行为，才能获得食物。这就比巴甫洛夫的狗的实验更进一步。并且，在斯金纳的实验中，那些无法习得方法论的老鼠，还会受到电击惩罚。换言之，老鼠在整个实验过程中，必须学会按下按钮这么一个行为，进而才能得以生存。而这过程，就叫作行为操控。

斯金纳在行为主义心理学里的诸多见解，也被商人们快速采纳。比如世界上最大的老虎机生产商，就是用了斯金纳的理论。投币给老虎机的玩家们，会不断得到奖励，但都只是小奖励，与他所投入的币的数量比较起来，远远不够。但是这种不断的小小奖励，就能令人们对老虎机产生足够的黏性。因为他们会相信，终会有一次大奖在后面等着自己，而大奖能带来的硬币，能够让自己之前的投入全部回本，并大赚一笔。

所以，研究行为主义心理学的人，很多都是行为干预大师。在行为主义心理学的学习过程中，我们能够掌握很多类似于公式一般的手段。如果拿着这些手段在自己的生活中、社交中进行使用的话，也总会收获到公式中给出的结果。

实际上，现代刑侦中很多审讯技巧，也都是使用了行为心理学里的很多方法。把行为主义心理学中的小技巧用得游刃有余的朋友，被称呼为行为操控大师。也就是说，如果这位大师专业知识够硬，自己的情商智商在线，以及具备能够与很多人快速共情的能力的话，他是真的能够通过利用人性的弱点，达到操控一个人思想的目的的。

这里所说的操控，甚至可能是操控一个人选择死亡。这种，也就是我们说的负面引导。

尼采说："当你凝望深渊，深渊也在凝望着你。"而这片深渊里的巨龙如果懂行为主义心理学的话，那么它的所学就会成为长长的爪子，将人一步步拖入深渊。

当景哲把他对这个神秘的"骔"的猜测说出后，我点了下头，继续往机房走去。景哲跟在我后面。我并没有接他所抛出的这个行为操控的话题，因为我自己也是心理学专业出身，我相信心理学在现实生活中运用起来的强大程度。所以，这一刻的我开始快速思考起来。在中侨大厦上悬挂着的尸体，已经被我们确定为自杀。一个人选择自杀，是需要非常大的勇气的。我们可以想当然地认为他最终过不了自己的良心这一关，选择了赴死。可实际上这种坏到了骨子里的人贩子，他们早就用一套扭曲了的人生观、世界观，令自己完成了自我说服，压根儿就不会有什么负罪感。除非……除非是有一种外部的力量开始进入到他的思想里，将之唤醒。

同样的，一个刚走入社会的小姑娘韩璐，她所选择的赴死之路，决绝且悲壮。这么多年了，每一个周末，她都会迈步到职业技术学院后山，默默往前。她受过高等教育，有固定的男友景哲。同时，她与景哲的生活拮据，而拮据的生活反而会让这种初入世的孩子，对未来的期待值非常高，有着各种憧憬与期盼。所以，她的思想，很可能是被一股子来自外界的力量引导，甚至操控。最终，才会决绝如斯。

我开始意识到景哲的所思所想了，我扭头："那么，如果这个能够操控人心的骡真的存在，你觉得他会是什么人呢？也是一位心理学方面的专业人士吗？"

景哲说："之前我还没敢往这个方面去想，因为行为操控者始终只是一个我们学科内的假设。一直到昨天筱涵自杀。"

他顿了顿，我能察觉到他即将说出的话，在他心里其实早已条理清楚。只不过，他似乎又还有着某些不自信。

他开始正视我，声音铿锵有力："谷宇，筱涵自杀前和筱舒通了一个电话。这个电话之前，他还在昨天中午我们的餐桌上将饭菜打了包，说明他的自杀是临时决定的。而在筱涵自杀之后，我和筱舒在一起，她有着非常明显的反常举动。我……我怀疑她早已预知到他哥哥会自杀。"

"可是……"我打断了景哲，"可是我们没有任何证据能够证明自杀者筱涵是被人操控的啊。就算真是因为他妹妹的谴责，令他萌生死意，也合情合理。我们无法从一个死者口里知晓他妹妹是否真的知情，以及是否真的做出了死亡引导。"

"韩璐……韩璐也见过筱舒。"景哲顿了顿，深吸了一口气，他开始直视我的眼光，很认真地继续，"我也是这两天才听李淳说到的，当年韩璐的姐姐死后，爸爸介绍了刚入行做心理咨询师的筱舒给她认识。也就是说，如果韩璐的思想中，有着某一个人给予过的力量的话，那这个人，很大可能也是筱舒。要知道，在当时的韩璐的世界里，所有的亲人都瞬间走远。而这种阶段，正是最容易对外界走进的人放下戒备，选择完全信任的阶段。"

我很认真地听着。景哲的话在继续："如果这些怀疑，都还只能算巧合的话，那么，多年前发生在我们学校图书馆的自焚事件，你应该也知道的吧？那个自焚者的女友，居然也是筱舒。所以……所以谷宇，我觉得一切，似乎都有着一个幕后的引导与操控的人，而这个人，十有八九就是筱舒。"

"嗯。"我点了点头，开始继续往前。景哲在我身后快步跟上。我突然想到了师父，想到了老景。当年的我，也像此刻的景哲一样，跟在师父身后，脑子里都是如同小说一般的天马行空的假设与推理。所以，我觉得我的师父景海峰在当日，对刚从心理学专业走进警队的我所说的话，也需要由我直接转述给景哲听了。

"景哲，我们是执法者，我们对于罪恶的定义，不能是我们想当然的认定。如果我们怀疑某人有罪，但没有任何真实有效的证据，那么我们首先要做的，就是将自己的怀疑搁置在一旁，这样，我们才能做到真正的公正。如果我们因为主观的臆断就做出各种对嫌疑人的有罪认定，那么，我们如何真正将司法的公正进行诠释呢？"我回头看了他一眼，继续道，"而这，也是你父亲老景当日教给我的。我们是执法者，我们需要将我们的分析判断进行坐实。而不能成为一个唯心者，想当然地让所有怀疑在自己的思考方式中得到圆满。"

景哲听了这话后没吱声，过了一会儿，他嘀咕了一句："嗯，我知道了，我们需要坐实。"

我再次往前迈步，景哲也在我身后再次跟上。其实，最初加入警队时的我和他一样，总是想要将自己所学到的心理学知识代入案件里去，进而将这些自己想当然的假设放大，产出各种推理桥段。这，在当时一干老刑警眼里，就是一个笑话。但师父并没有这么觉得，他给出的意见是——大胆假设，严格验证。

最终，他并没有能够陪伴我成长为一名优秀的刑警。我的所学，也并没有成为我在刑侦这个行业里的利器。所以，此刻景哲的所思所想，我是可以很快共情的。同样的，就像当日的师父看待我时一样，我不会觉得他的这些想法是一个笑话……

我们很快走到了机房。我听老刑警说过以前的档案室是什么模样，他们描绘出来的那个小房子，像是一个老旧的图书馆。而现在的档案室——也就是机房，不过是若干台电脑以及若干个做着文职的同事，像办公室职员一般地在其间工作着的地方。科技的进步，是能够颠覆很多老旧的技术和行业的。

我记得一位老刑警给我们说过一个故事……

他以前是干反扒的。从警开始，他的战场就是在公交车上。反扒，在我们这个行业里，有一个很让人头大的问题——那就是一位优秀的反扒警察，是需要通过很多年的苦守与抓捕后，才能实现卓越的。可是，从事扒窃的那些犯罪分子，大部分都是以扒窃为生，经常被抓，也经常被处理。释放后，这些家伙又会重操旧业。这样导致的结果就是一座小小的城市里将扒窃当作职业的人，与这座小小城市里以抓扒手为专业的警察，互相之间都成了相识。最终出现的结果就是，扒手上车，先看一下车厢里有没有警察。没有，就开始挑人作案。有，就直接下车。下车前，还要对穿着便衣的反扒警察点头示意，好像是卖了对方一个情面似的。

能够打破这个死局的方法，就是换新人从事反扒工作。可新人重新开始，就算有师父带，真正实际操作起来，也需要一个漫长的过程。比如如何快速锁定犯罪嫌疑人？选择在哪个关键点上实施抓捕？这些都是需要无数次的失败与演练后，最终才能出师的。到这个过程全部走完，却又会回到之前的循环——扒手们也已经认识这位新人的脸了。

也就是说，在反扒这个领域里，培养出一个熟练反扒警察时，也就是这个熟练反扒警察快要离开反扒这个岗位的时刻。

老刑警就说起了一个叫作金刚钻的扒手的故事。金刚钻是外号，大名叫金文山，是一个被我们警队处理过不下五次的惯犯。扒窃，就是他的职业，每天早上开始上班，下午忙完晚高峰后，也正常下班。他从事扒窃职业十几年了，基本上每一个反扒警他都见过。甚至新的反扒警，他也能通过经验，一眼给认出来。老刑警还说了，这家伙为什么叫金刚钻，就是因为他跟从事别的工作的人一样，也不断提升业务能力。电视里说的那种在开水里用两根手指夹肥皂的事，他还真干过。所以，他的一句名言，在海阳市里被那群鸡鸣狗盗的人拿来经常说道——没有什么天赋异禀，我不过是把你们拿去打麻将的时间，用来夹肥皂。

然后，就是新的技术开始不断地被警队使用。天眼的出现，令金刚钻这种家伙，变得完全没有了活路。警察都已经不用上车了，坐在有空调的房间里，盯着公交车上监控反馈回来的画面，整个作案过程都能够以视频的形式给保存下来，扒手们连抵赖的机会都没有。所以，在金刚钻最后一次落网时，我们市局反扒的老张，专门领着这家伙，进了一次我们监控中心。老张说："你也算是个聪明人，干点别的不好吗？你自己瞅瞅，天眼之下，你还有办法来破局吗？"

所以说，我们警察真正的愿望，是违法犯罪人员不再作奸犯科，尤其是能够让老油条也都去做回良好市民，才是我们的目标。后来，这个金刚钻出狱后，开起了出租车，小日子过得也还有滋有味了。

我领着景哲找到了和我关系不错的曾警官，说明了来意后，她就给我调出了当天的酒店记录，果然，那天是有一位复姓欧阳的女性开房，名字还很文艺，叫作欧阳双绛。其实在调她的资料时，我们的初衷只是想要和她确认下张小博那一晚的去留。对于她的这个姓氏与多年前那起命案里死者的姓氏一样的问题，很大可能是巧合罢了。因为欧阳这个姓氏虽然很少，但也不是说没有。只不过，同事在点开了她的信息资料时，她的工作单位以及身份让我和景哲一下子就愣住了。

欧阳双绛，32岁，在省医科大读完研究生后，留校两年。去年才从省城回到了我们海阳市，进入的工作单位是市精神病院。她的家庭关系上显示着她的父亲叫欧阳顾，死于1994年的那一个充满了血腥味的周末。而将这位叫作欧阳顾的父亲的生命终结的人，正是张金伟。

也就是说，我们最害怕的事，还是出现了。若干的谜团，层层叠叠，且互相关联。一位被张金伟杀死了的受害者的女儿，通过学精神医科后，最终进入了精神病院，成了有机会接触杀父仇人的医生。而她，还与她的杀父仇人唯一的儿子有过一夜情，并很大可能带走了发生关系时所用的避孕套。这枚避孕套，又很可能就是出现在韩璐尸体附近的那一枚避孕套。

2．市精神病院的天台

我没有回审讯室，而是直接给李淳打了个电话，将我们在机房的发现告诉了他。李淳问："那需要我现在就下楼，和你一起去趟精神病院，会会这个欧阳医生吗？"

我看了一眼站在我身后的景哲，说："不用了，我带景哲过去吧。"

也就是说，我从市精神病院回来后没两个小时，又踏上了折返的路程。路上，我们在一个面包店勉强对付了一顿，还给市精神病院的郭副院长打了个电话，问了一下这个叫欧阳双绛的医生在不在医院，郭院长给确认了。

我当时也没多想，就随口说了一句："要她别离开医院，我们过来找她。"

　　所以，当我们抵达市精神病院时，需要面对的已经是一个乱糟糟的摊子了。若干医生护士都站在了精神病院的大楼下，抬头望着上方，而在那上方，一个穿着白色长袍的身影，正站在楼顶。光从她的身后照射下来，所以，我们无法看到她的颜面。也就是说，在我们赶到时最初所见到的欧阳双绛医生，是一个穿着白色长袍的黑影而已。

　　郭医生在下面接上了我们，连忙解释："我……我怎么知道具体情况呢？谷警官，你跟我说要找她，我就通知了她一声，说今天来见张金伟的警官现在折返回来，点名道姓要找她。然后你猜她怎么说？她说，她早就猜到了。紧接着，就这样了，站到了天台，谁也不许上去。说等到你们警察来了后，要你们直接上去天台见她。"

　　我也没对他多话。因为这事真要怪罪，应该是怪我。只不过，谁也想不到这位叫作欧阳双绛的女医生，在知晓了我们要找她后，做出这样的事来。这也印证了，她在我们目前正在努力抽丝剥茧的层层迷雾中，是个知晓答案的人。所以，她反应才会这么大。

　　我们跟在郭医生身后上了顶楼，通往天台的门外面，还有一扇巨大的铁门。郭院长解释道："我们这里是精神病院，别说这天台了，只要有窗的地方，都有铁栏杆。毕竟，病人有时候情绪会很不稳定。"

　　他推开了通往天台的门，门后，可以看到前方那背对着我们站着的白衣人。郭院长说："这天台啊，防病人上来，防了十几年，没想到最后爬上来的，是我们医院的医生。唉，这都什么事呢！"

我没有搭话，走上了天台。景哲跟在我身后，我清晰地听到他深深吸了一口气。他学的专业和我一样，是心理学应用。所以，在他大学以及读研究生的几年里，应该也有经手过个案。每一个有着心理问题的人的世界里，都住着一个站在天台吹着风的人。对于他来说，眼前的这一切，并不能说陌生，不过是第一次真真切切地感受到这种生死攸关的场景罢了。

"你好，我是谷宇，市局刑警队的。这位是我的同事景哲。"我冲面前的背影大声说道。

站在台阶上的她，转身了。台阶并不宽，只有二十厘米吧。也就是说，她的这一次转身，稍有不慎，就会掉下去。可是，她很从容，步子也很稳，就像我们在平地上的一个转身。说明此刻的这位欧阳医生，并没有因为自己所处的高处而紧张害怕。这种在生死攸关时刻的从容，只有两种人可以做到。第一种，就是心理世界强大到无所畏惧的人。而另一种，就是已然决定赴死的人。

作为警察，我们希望她是前者。尽管前者——心理世界强大到无所畏惧的人，也是我们最难攻克的人。

她个子不高，皮肤白皙，五官姣好。很奇怪的是，在我这么第一次看到她的瞬间，我觉得我好像和她认识了很久似的。

可是，又完全陌生，记忆中没有任何相关的线索。此刻她的长长的头发披散着，被天台的风吹得飞舞着。不过，发丝并不是那么直，说明她今天的头发本是扎着的。所以，她今天最初的计划里，并没有想要让这些发丝得以放松，毕竟今天只是个平常的忙碌的工作日罢了。也就是说，在这个中午登上天台，并不是她有计划的蓄谋，而只是一次临时的起意。意识到这一点，我又心安了一点，迈步往前："你是欧阳医生吧？我想，你可能对我们来找你的事，有着某些误会。"

她嘴角上扬，微微笑了。她说："谷警官吧？我知道你，学心理学专业的刑警，没错吧？我和你的女友余穗在很多年前就认识了，她是脑科医生，也是我们省医科大毕业的。在学校那会儿，我们走得挺近的。"

她的话语让我一愣，紧接着我意识到，她给我的那种熟悉的感觉，还真是来自余穗。可能因为都是女性医生的原因吧，我甚至觉得她和我的女友余穗，模样上有着诸多相似。

我也冲她笑了："既然都是老熟人，那你先下来说话吧！你站在这天台的台阶上，一脚踩空的话，可是无法回头的。"

欧阳医生说："我知道。谷警官，我可是一个精神科医生，也见过太多太多情绪失控的病人。所以，此刻的我选择站到了这个位置，就没有准备下来。之所以等你过来，只不过是想和你们说几句话，执念就能够得以舒展开来一些，走得也会顺利一点罢了。"

"欧阳医生，你得停一下！"我柔声地道，"我想，我们之间一定是有了误会。我们今天来精神病院找你，只是想要和你核对一些信息，并没有……"

"你们已经知道我和张小博的事情了吧？"欧阳打断了我的话。

我顿了顿，最终，冲她点了下头。

"那你们也知道了避孕套的事吧？"她再次问道。

我也再次点头。

她笑了："我怎么要问你们这些呢？没什么意义的……"说到这儿，她不看我们了，抬头望向天空。她的这一行为，在我看来，是一个非常危险的信号。因为她选择看这个美妙的世界时，她内心深处的自言自语，很可能是在对这个世界进行一场有着仪式感的告别。

"欧阳姐姐，还记得我吗？我是景哲……小景。"一个声音在我身后响起了。

我扭头，只见景哲往前了一步。他目光炯炯，望向了站在天台边缘的欧阳双绛。而听到了他的话的欧阳双绛，身子也明显震了一下。她那望向天空后变得散漫的目光被收拢，最终聚焦在景哲身上："你……你是小景？"

"是我。"景哲继续说道。紧接着，景哲居然不看台阶上的欧阳了，转而看了我一眼，然后开始对我说话了，"谷宇，当年百货大楼凶案发生后，我爸赶到了现场。张金伟被抓获带走后，现场留下了一个没有人管的孩子，就是三名死者中的欧阳顾的女儿欧阳双绛。所以，我爸那天就把她抱回了我们家，在我家住了三天，等她的亲人从外省赶过来。我记得，我那时候叫她欧阳姐姐。她当时只知道哭，不肯吃东西，也不肯喝水。我爸当时给我的任务，就是必须让她吃东西。我那时候也不知道怎么安慰欧阳姐姐，所以就一直端着碗，在她旁边站着。一直站到那天半夜，她才接过了我手里的碗，开始喝水，开始吃点东西。"

景哲不再看我了，重新看欧阳："是不是这样？欧阳姐姐。"

我明白，景哲看似对我说的话，不过是在努力唤起天台边缘的欧阳双绛对过往的记忆。

景哲继续说道："姐姐，后来，你的家人终于赶过来了，把你接了回去。你抄了我的地址，给我写信，说你很想你爸爸，梦里总是会梦见他。你说你要独自长大，让住在天空中每日里看着你的爸爸为你骄傲与欣慰。你还说很羡慕我有一个叫作景海峰的爸爸，而打小就没有妈妈的你，只有爸爸。而你爸爸，最终也匆匆地离开了你。姐姐，你写给我的信，我都记得的。我也给你回了很多信，你都记得吗？"

台阶上的欧阳双绛的注意力，成功被景哲吸引了。她抿了下嘴唇，缓缓说道："可是……可是后来，你就再也没给我写过信了。我甚至还寄信告诉你，如果你嫌手写的信麻烦，可以通过电子邮箱给我写信的。可是，你都没有回了。"欧阳双绛说这话时，身子在往前倾。这一动作，令我颇为欣慰。我也没再吱声，转而看天台的地形，寻思着在我所站着的位置，用最快速度冲过去将她一把抱下来的可能性。

景哲沉默了几秒，最终，他叹了口气："欧阳姐姐，你不是说你很羡慕我有景海峰这样高大的父亲吗？说实话，我自己也挺喜欢他的。只不过，在某一天，他也选择离开了我。也就是说我的家庭，和你曾一度幸福的家庭一样，眨眼工夫，就破裂得稀碎。而这，也是我再也没有给你回信的原因。因为从那天开始，我的世界，也和当日的你的世界一样，支离破碎。"

"景伯伯死了？"欧阳双绛瞪大了眼睛。

"是的，他死了。他在处理一起突发事件时，从高处摔下。他的脑袋……"景哲顿了顿，紧接着咬了咬牙，"他的脑袋被摔开了，头盖骨飞了出去，脑浆洒得到处都是。他的身上有十三处骨折，脊椎骨断成了两截。而当时他所处的高度并不高，只有十几米而已。而欧阳姐姐，你现在所处的这个楼顶，最起码有五十米的高度。也就是说，摔下去以后的你……"他的语速变得越来越快，信息量也越来越大。我明白，他是在给我争取一个宝贵的瞬间。

他顿了一下，声音更大了："姐姐，摔下去后的你，会四散开来，就像是一个被拆解开来的人偶玩具。姐姐，我不希望你变成那样子，我不希望我记忆中那个美丽漂亮的欧阳姐姐再次回到我的世界的时候，是一个那么可怕的模样。"

　　站在天台边缘的欧阳双绛泪流满面。我身后的景哲终于嘶吼开来："姐姐，我们的世界，是可以重构的。"

　　而我，也在他的嘶吼声中，选择了往前猛地冲了出去。可是，让我没想到的是，在我迈步的同时，欧阳双绛双手张开，闭上了眼睛。她面朝着我们，往后一倒。

　　一切的一切，太突然了。那一瞬间，我距离她的身体，甚至只有两三米了。而也是在那一个瞬间，我下意识的行为，竟然是选择了跃起……

　　我成功地抓住了空中的欧阳双绛的手腕，我的另一只手也连忙伸出，因为我有战友在，他在我身后，他也一定会第一时间往前，他也会第一时间伸出手，在这个极短暂的时间里，成为我的后援。可是……

　　我回头时，看到的是景哲大张着嘴的表情。他应该是在喊着什么，但是我听不见。他的手也和我预期的一样，是伸出来的，想要一把抓住我的手。只要这么一次握手成功，那么，他就能在天台上拉扯住我，而我的手，也拉住了我们想要保护与挽救的女人。

　　但是，我接触到了他的指尖，却没能将他的手掌握住。他的声音终于清晰地被送入了我的鼓膜。他喊出的是——"谷宇哥哥"。

　　"谷宇哥哥"，这是作为他父亲景海峰身后的小跟班时，我们去到他家后，小小的他对我的称呼。半空中的我冲他微笑了一下，那只伸向他的手比画了一个拇指，然后快速收回，将我另一只手抓着的女人一把搂住。我现在唯一的希望，就是在我们的车开进市精神病院时，消防队的人也已经赶过来了。他们和我们一样，应该不会懈怠一分一秒。那么，楼下的气垫，应该已经撑开了才对。

我紧紧抱住了我用誓言承诺着要保护的芸芸众生中的一员。最终，我们重重摔落在充气垫上。我看到了天台上探出的景哲的脸，满脸欣慰。

身边有人们的惊呼声响起，我开始察觉到刺痛，却又无法感觉到这种刺痛是来自身体的哪一个部位。我的眼帘开始收拢，整个世界变得暗了下来……

第九章　欧阳医生的心愿

1. 景海峰的孩子

我时常在回想那一天所发生的事情……

作为一个警察，我们要在很多危险时刻做出选择。我们的职责，是需要面对危险的。同时，我们也需要尽量避免危险。只不过，我们在很多危险到来的时刻里，又需要选择挺身而出，用我们的身体来对他人可能遇到的危险，进行阻拦或者分担。

而这些，也是我们从警最初，用一次庄严的宣誓承诺过的。

但是，我相信师父在那一个阳光明媚的日子里，是压根儿就没有做好将要承担危险的心理准备的。我们走出了韩琳家，路上甚至还在说着接下来我们要如何尽量为这个失去了长女韩琳的可怜家庭做些什么。

这么多年里，师父从那空中往下坠落的瞬间的画面，总是在我脑海中重复播放着。好好一个人，在前一秒里还对着你笑，且这种笑还具备着让人觉得特别舒服的安全感。可是呢，瞬间之后，他就从这世界消失了。又或者应该说，他的躯壳并未消失，而寄居在这个躯壳里的那个让你觉得一切都能够因为他而变得简单的灵魂，瞬间消失了。

我明白景哲的感受，同时，这么多年里，我和他一样，恨着自己。我无法说服自己不去想另一种可能性的存在。那就是如果当时换我上了那个伸向高处的梯子，那么电线杆顶端的人的注意力，可能始终都会被师父吸引住，而不会做出当时的举动。又或者，如果那个瞬间在空中的人是我，我可能会在情况突发的瞬间，一把抱住电线杆，而不会因为年迈，而无法做出灵活的动作。

其实，作为一名刑警，对于在危险时刻不幸牺牲，是有着心理准备的。不但我们自己有，我们的亲人也会有。

只不过，我和景哲以及其他很多人一样，我们可以接受景海峰这位老刑警倒在某一次与歹徒的搏斗上，但我们无法接受的是，他走得那么匆忙，那么没有准备。如果要他选择一种牺牲方式的话，他也应该不希望是这样离开我们。如若他泉下有知，那么这次被追封为烈士的事件的发生，在他看来，应当完全是因为自己的掉以轻心。他甚至会觉得这个结果的发生，对于他来说，是多么丢人。

最终，他这么一位满载了功勋的老刑警，还是这般狼狈地走了。这个世界上，每天都有人要离开。人与人的世界是相交互着的，所以，每一个人的离开，都并不仅仅是个体自己的事儿。如果天空中那翻云覆雨手真的存在，那么在他的角度看来，他者的生离死别，对于你们各自的肉身而言，并无大碍。所以，你们何必悲伤至此呢？

可是，这翻云覆雨手并不知晓的是，一个人的世界，就是由他周遭的其他人所充斥而成的。他者的嬉笑怒骂，让个体有了悲伤快乐。于是乎，每一个他者的离去，就带走了这个人脑海中的那个完整世界的一部分。

到某天，他会发现，他没有爷爷了，没有奶奶了，没有外公了，没有外婆了……

到某天，他会发现，他没了父亲，没了师父……

于是，他的世界不再完整了，因为那一个称谓所代表着的人消失了，且没有人能够继任那个位置。又到哪天，你发现你没有父亲了，没有师父了。因为，一位作为父亲，作为师父的老景——景海峰，匆匆忙忙地走了。

我苏醒在几小时后，眼帘缓缓打开之前，就隐约听见了我所熟悉的声音抽泣着。接着，我就感受到了有人将我的手掌紧握，并且贴着自己的脸庞。我睁眼，看到了余穗。她身后，是李淳和景哲。

见我醒来，他俩也都凑了过来。我看到景哲的嘴唇在颤动，但最终他并没有说出话语。反倒是李淳开口了："没大事，医生说了，可能有一点点轻微的脑震荡，躺两天就好了。"接着就伸手指余穗，"就是你家的余医生说的。"

余穗是脑外科医生，她说没大碍，自然是可以放心的。于是，我连忙冲满脸挂泪的她挤出笑来。余穗还是贴着我的手掌，微微抽泣着，说："你是不是疯了？如果当时消防队的人还没充好气垫的话，那现在的你已经摔成肉泥了。谷宇……你……"

最终，她还是没有继续数落了。她抬手，开始擦拭眼泪。

这几年里，我们无数次聊起结婚的事，双方家长也始终在催促。可是，我总是打从心底里害怕与排斥。到今天，我才明白，我害怕的就是类似今天这样的事儿。我所排斥的，也正是今天这样的事如若真的发生，也正是她说的这种假设真的出现的话，那么，余穗怎么办？

李淳站在她身后耸肩："行了，我还一堆事，就不守着你了。有新的进展，我会给你打电话的。"

我冲他点了下头。他回了个微笑，转身往外走去。

余穗也站了起来，说要出去给我弄点吃的，然后也往外走去。于是，病房里，就只剩下我和景哲两个人。

于是，景哲继续保持着他的沉默，这病房里的气氛就显得有点尴尬了。他左右看看，说："要不……要不我给你倒杯水？"

我点头。接着，我接过了景哲倒来的水。

他往后退了两步，靠墙站着，扭头到一边，看窗外的天空。就这样安静了几分钟后，他说话了："谷宇，能给我说说我爸走的那一刻，你的所思所想吗？"

　　我愣了。我回想了一会儿，然后耸了耸肩："我……我当时脑子里嗡的一声响，然后就是一片空白，压根就不敢相信眼前所见。到我回过神来的瞬间，我也并没有觉得师父会有什么大碍。我冲上去抱住了他，就想往医院送。可是……可是……"

　　我闭上了眼睛："可是，他变得非常重，抱起来很吃力。我才意识到，他可能已经走了。我搂抱起来的，只是没有了他的一具普通的躯壳而已。接着……"我睁开眼，冲他微微笑了笑，"接着我就慌了，开始朝着旁边的围观的人乱喊乱叫，要他们赶紧来帮忙。嗯，慌不择路，说的就是那一会儿的我吧。"

　　景哲听完，又不吱声了。他又将头扭向一旁，不再看我。过了一会儿，我听见他非常明显地呼出了一大口气，像是将心中的某一块大石头彻底放下了似的。

　　他再次回过头来："欧阳医生比你先醒来，但医院不允许我们现在就对她开始进行讯问。你如果能下床了，我俩就一起过去。我想，等到你这个当事人也能活蹦乱跳了，那医生们可能也不好说些什么了吧？"

　　他笑了。我突然间发现，景哲真正舒展开来的笑脸，和那个曾经对任何大小事务都轻描淡写的老景一模一样。恍惚间，好像师父他再次回到了我身边。

　　我也笑了："既然你这么说，那我试试能不能现在就过去。"

　　最终，我还是没能第一时间下床走出病房。因为余穗提着她从医院食堂打来的饭菜回来了，并呵斥住了正被景哲搀扶着想要下床的我。

我们仨，坐在医院的病房里，一起吃了饭。吃着吃着，我扭头看窗户，也就是景哲总是望向的方向。我看到，那里有一棵挂满了嫩叶的树。

我想，这就是一个叫作景哲的新晋警察的职业生涯的真正伊始吧？

2. 喜欢看云彩的女人

我们吃完饭后，窗外的天空就红了，晚霞弥漫至整个天际，层层又叠叠。我问余穗："医院给欧阳医生安排的病房也有窗户吗？"

余穗点头，然后也往窗外看，看那漫天晚霞："双绛是我大学时候的好朋友，毕业后来往得少了。到这两年她调回海阳市精神病院后，我们都忙。总是说要聚一聚，又总只是说说而已。唉……想不到再见面，是这么个情况。"她边说边走到了窗前，抬着头，"谷宇，双绛很喜欢看天空，看美景。她在所有的美好面前都会丢盔卸甲，一败涂地。这会儿她如果没睡着的话，一定也会和我们一样，在看着这晚霞的。"

我微微一笑，扭头冲景哲说："那我们现在就过去陪一下欧阳医生看看晚霞吧？"

景哲不吱声，望向余穗。余穗苦笑了一下："你实在要过去，就过去吧。不过，你得小心，你会有点头晕。我刚才看了你的片子，你有轻微的脑震荡，可能需要好好地休息一段时间。"她这么说着说着，冷不丁地，一大颗眼泪就从她眼眶里溢出了。她连忙扭头，将眼泪擦掉。我看着心里就有点难受，伸手去摸她的头发："傻丫头，你不是也都说了，只是轻微的脑震荡吗？没有太大的事。我忙完手头这点事，就听你的话，好好休息就是了。"

余穗"嗯"了一声，但脸没有再转过来。

我也没在意她的这一反常举动，开始尝试翻身下床，接着，发现确实是有一些晕眩。病床旁的衣架上挂着我的警服。我犹豫了一下，还是脱下了身上的病服，换上警服。毕竟，我接下来要做的事情，是我的职责所在。

景哲领着我出了门，我们上了五楼。出电梯我就看到有一位同事坐在走廊最里面的病房的门口，不用问，这是在守着欧阳双绛的。见我们过来，他也站了起来，冲我点了下头。

我冲他笑笑，和景哲一前一后，走进了旁边的病房。

果然，欧阳双绛正望向旁边的窗户，但因为窗帘的缘故，她所看到的天空，只有一尺宽。她也无法下床走去窗边将窗帘一把拉开，因为她的右手被手铐铐在病床的铁架上。

景哲也是一个心思细腻的人，他连忙走了过去，将窗帘一把拉开。于是乎，那漫天层层叠叠的红色云彩，得以被欧阳双绛尽收眼底。她嘴角上扬，似乎心满意足。然后转头过来，看了看我："怎么样？没大碍吧？"

我也回了个微笑："还好，只是还稍微有点头晕。"

"谢谢你。"她冷不丁说出这么一句。

我耸肩。景哲就在窗边站着，说话了："欧阳姐姐，据我们掌握的情况来看，你没必要选择离开这个世界啊，为什么会这么极端呢？"

欧阳这才开始扭头，认真望向那窗外的云彩。过了几秒，她叹了下气："小景，知道吗？爸爸走了后，我被我的那些奇怪亲戚送到过孤儿院。在那个小县城孤儿院的那些日子里，属于我的资产，只有一个不锈钢的小碗。我用那个小碗喝水、吃饭。所以，我每天都要将那个碗洗上六次以上。尽管如此，我还是很担心，担心我的这个不锈钢小碗出现什么损害。因为在我们孤儿院的很多粗心大意的孩子手里，拿着的都是凹陷了或者摔得裂开了的小碗。"

欧阳回过头来："我的妈妈走得早，是爸爸把我带大的。他很疼我，说我是一位美丽的公主，而他并不是国王，而是我的骑士，会终生守护我。就算是以后我遇到了属于我的王子，他也会一直站在我身后。可是到那么一天，我的骑士突然消失了，剩下我这个被扔进了孤儿院的落魄公主，连一个小碗都要自己费心守护了。小景，这种落差，你能够体会吗？"

景哲瘪了瘪嘴："我能体会。我父亲老景走了后，我们家也好像被抽掉了主心骨。以前，只要有他在，所有的问题被解决掉，都似乎是理所应当的。可他走了后，一个接一个的问题都会浮出水面，将我和我妈妈弄得焦头烂额。于是，当时也没成年的我开始反复告诉自己，必须快点长大，快点撑起这一切。一直到……一直到我妈妈也病倒了……"

说到这儿，景哲打住了，他也开始扭头，望向天空。

欧阳双绛："不一样吧，小景，你是男生，而我当时只是个小女孩。女孩子这一生，不就是为那一点点安全感活着吗？与家庭的，与伴侣的。到她长大后，又会努力为自己的孩子营造安全感。遗憾的是，没有了爸爸的我，每天都活在没有一丁点安全感的日子里。哪怕是一个不锈钢小碗，也让我无比紧张。"她顿了顿，将话题终于拉回到了此刻我们这三个人所处的现实世界中来，"所以，这也就是我会选择和筱涵一起做那些事情的原因。因为，在那段日子里，我的脑海中不断重复的都是张金伟狰狞的面孔，以及对他深入骨髓的仇恨。不过，警官们，我希望你们相信，我们并不是心中满是负能量的人。我们学了这么多心理学和精神医学的知识，足以让我们清理干净思想角落中的淤泥。可是，如果我们所信赖的制度，最终并不能够将公正诠释，且还要伪装出包容，将罪恶者释放的话，那么，我们又应该怎么做呢？难道，要我们这些亲人被罪恶者杀害了的人，面带微笑选择原谅吗？"

我意识到，我眼前的欧阳双绛，已经并没有想要隐瞒什么了。我连忙将手伸进裤兜，掏出了录音笔。我们是警察，并不是暗探。所以，我按下手里录音笔的按钮前，也需要对她进行告知。欧阳看了看我手里的录音笔，并没有拒绝，点了点头。

她又一次去看那漫天云彩。

她的胸腔在大幅度地起伏，不知道是她的刻意为之还是因为美景而不能自已。事已至此，我没有选择提问，而是静静候着。过了几分钟，她再次开始说话了。她没有扭头过来，依旧望着窗外，自言自语一般地说道：

"去年，筱涵找到了我，告诉了我一个将我本来平静的人生完全打碎的消息——张金伟即将出院，重获新生。我当天就跟着他回了海阳市，在他的观察者心理咨询中心聊了一宿。接着，我就开始给我们学院提交辞职报告，并将简历投入到了海阳市精神病院……"

就在这时，景哲插嘴问道："这一切，筱舒也都知道吧？"

"她……她只知道我要回海阳，并没有参与我和筱涵之后的计划。"欧阳淡淡说道。

景哲又问："那，你们的计划，就是要杀死其他不相干的人吗？"

欧阳这才扭头过来："你说的是职业技术学院后山那个姑娘吗？"

景哲没有回答，只是看着对方。

欧阳叹气了："这并不是我们的初衷。或者，应该说这并不是我想要看到的。筱涵心中的恨意比我大，他给我说了很多关于张金伟那个还在外面的儿子的事。他说，这个恶魔的儿子顺利长大，整日里眉开眼笑的，完全不像是家里经历过大变故的模样。他还说，张金伟的儿子进了体校，谈过女朋友。而那时，同样是在大学里读书的他的妹妹筱舒，所经历的男女之间的事儿，却有着让人心酸的情节。于是，筱涵非常难过。他就琢磨着，为什么恶魔的世界风平浪静，很快就回归到了岁月安好的局面，而我们这些无辜受害者的家人的世界，破碎不堪，且无人在意。"

我也开口插话了："当年被杀的张小博的女友，是不是也是他干的？"

欧阳摇头："我不知道。并且，谷警官，前些天职业技术学院后山所发生的命案，我也并不知情。嗯，我说的是我并不是提前知悉的。筱涵要我去和张小博接触，并拿回有着他……有着他身体里东西的避孕套时，并没有告诉我，他会要用杀死一个女孩的方式，来将张小博嫁祸。"说到这，欧阳低下了头，"事已至此，我已成为那一场凶案里的帮凶，我也不想狡辩。但我希望你们相信，那并不是我的本意。我们对张金伟的仇恨固然迷住了我们的眼睛，但并不代表着我们就因此迷失了人性。"

"那筱涵呢？"景哲淡淡说道，"筱涵有没有迷失人性呢？欧阳姐姐，人是筱涵杀的吗？"

欧阳去看景哲，发现靠着墙壁站着的他，此刻已经泪流满面。欧阳的嘴唇动了两下，眉头皱起，应该是不明白此刻景哲的流泪缘由。可景哲自己却开口了："死者叫韩璐，是我的女友。她和我们一样，是没有父母照顾，独自长大的孩子。在她的过往里，也经历了亲人的离世。从那天开始，她本来平静的生活，也一下子破烂不堪。我和她是在大二认识的，我们相濡以沫，点一份饭两个人吃，买一瓶饮料两个人喝。因为我们都很拮据，我们没有父母来给我们生活费，只能拿着可怜巴巴的助学贷款，在学校里像两个小可怜虫一样卑微地过着。"

景哲转身了，他也望向了那漫天晚霞。他的肩膀开始抖动，抽泣的声音变得难以掩饰。他抬手了，掩住了颜面。接着，他缓缓往下蹲，缩成一团。他开始肆无忌惮地哭出了声来。

"小景……"欧阳也哭了。

那天晚上，我们给欧阳补充了一次正式的审讯。作为职业技术学院后山奸杀案的知情人，她触碰到的法律红线，在模棱两可之间。我们可以说她做了非常不道德的行为，但并不一定就能认定她是筱涵的帮凶。因为在她与筱涵的聊天记录中，筱涵三番五次对欧阳说道，这样做是要毁掉张小博的家庭，让张小博的妻子选择和他离婚，最终令即将出狱的张金伟并没有一个等待着他的完整且安好的家庭。

我们必须承认，作为一个毕业后就在学校任教，这两年才从象牙塔里走进社会的人，欧阳的单纯，令我们咋舌。她配合筱涵所做的事，在常人看来，甚至无比荒唐。不过，在我从事警察工作的这些年里，也遇到过很多高级知识分子在现实生活中做出与他们的身份完全不匹配的幼稚行径的事例，所以，我并不意外。

或许，她自己说得对——仇恨，蒙蔽了她的眼睛，导致她无法用普通人的心态看待很多事情，也无法做出正确的判断。

有她，这一场命案的真相，似乎终于全盘浮出水面——因为同是当年市百货大楼那起命案里留下的受害者家属的缘故，欧阳双绛和筱涵在这些年里一直保持着联系。去年暑假里的某一个晚上，欧阳双绛收到了筱涵的邮件，邮件里是一张诊断证明。欧阳是精神医科专业，她能够看明白，这是一名精神病人的鉴定报告，说明这名精神病人即将出院。接着，筱涵告诉她，这张诊断证明所指的病人，正是张金伟。

第二天，筱涵就去了欧阳的学校，两人聊到很晚，还一起回了一趟海阳。筱涵说他无法接受一个杀人犯，最终要回归社会、回归家庭，享受天伦之乐。他还说他不可能放任这一切发生，宁愿飞蛾扑火，也要令张金伟最终落得一个家破人亡的结局。而他的恶意，最终也点燃了欧阳双绛心底的火苗。只不过，他们最初的计划，并没有卑劣到想要谋害其他人的性命。他们恨的人是张金伟，连带着还有一个叫作张小博的人而已。因为在那一次惨剧之后，张小博的人生并没有被颠覆。他被张金伟在省篮球队的队友们照顾，成绩差也无所谓，依旧顺利进入体校，进入了篮球行业。只不过，他并没有别人勤奋，所以，早早退役，在体校上班，结婚，生子，过着正常人的生活。偶尔，他还会使用交友软件，和网友玩玩一夜情……而这，不是筱涵和欧阳希望看到的。

一个心理咨询师，与一个精神科医生，开始了他们的复仇计划。欧阳双绛顺利调入精神病院后，她才发现，精神病院的医生并没有那么大的权力。她也不可能化身为一个趴在他人耳边碎碎念的魔鬼，用她所熟练的行为操控，让张金伟走入万劫不复的深渊。她甚至连成为张金伟的医生的机会也没有争取到。眼看着张金伟要离开医院的日子一天一天近了，筱涵告诉她，张小博有着在某软件里猎艳的习惯。筱涵希望欧阳拿到有着张小博的精液的罪证，然后，他就会让张小博的家庭出现巨大的变故。筱涵认为，具备着精神病人家人的遗传基因的张小博，是无法在这么一场变故中保持住好的精神状态的。筱涵认为，张小博一定会重蹈他父亲的覆辙，展示出精神病人的状态。那么，当一个走出医院的老精神病人，与一个经历了巨大变故即将精神分裂的儿子相聚后，那应该是一出好戏的帷幕。

欧阳双绛认同了筱涵的观点。最终，她也将这一切付诸实践，顺利拿到了那个避孕套。她将避孕套交给筱涵时，是凌晨五点十五分，天边微亮，是欣欣然来到的晨曦。筱涵冲她点了点头，拿着那避孕套，驱车驶入了晨曦尚未抵达的黑暗深处。

那天中午，欧阳双绛听说了发生在职业技术学院后山的命案。一周后，筱涵因为这起命案被警方带走。而她的心，也开始往下沉。一个声音开始不断对她说道："欧阳，你做了什么？你到底做了什么？"

两天后，筱涵自焚而亡。欧阳意识到，自己犯下了弥天大错。

一切似乎都有了答案。

只不过，骡呢？骡到底是谁呢？

骡的信函被送到市局的时候，筱涵还在市局四楼刑警队的审讯室里待着。我们也问了欧阳，她对这事并不知情，如果是她放下的这么一个烟幕弹，那么事无巨细都坦白后的她，没有理由隐瞒这么个小事才对。

那么，骡呢？

它还在迷雾中，宛如虚无。

3. 脑 瘤

发生在职业技术学院后山的"3·21"命案，至此，告一段落。

23年前发生在市百货大楼门口的一起精神病人伤人案件中，两名受害者的家属，无法接受杀人者、精神病人张金伟即将病愈出院的现实，开始谋划一场势必要颠覆张金伟整个家庭的变故。于是，资深心理咨询师筱涵要求欧阳双绛通过勾引张小博，拿到有着张小博精液的避孕套。筱涵告诉欧阳双绛，这个物件，就能够让张小博的家庭分崩离析。但欧阳双绛没有想到的是，筱涵用的手段，是直接用一个人的死亡，来进行一场让张小博万劫不复的构陷。

作为警察，我们承认这个世界上有很多人非常聪明。德国哲学家伊曼努尔·康德曾为聪明下过定义，那就是能够从他经历的事件与物体中找到微弱的相似性和差异性，进而做出精确的判断，规划下一步行动的能力。

也就是说，聪明的人，能够快速找出事件的规律，并依照规律行事。

我们必须承认，筱涵是一个非常聪明的人，如果跳脱出来看他的整个计划，是非常工整、天衣无缝的。如果构陷成功，那么张小博就会入狱。又或者，构陷失败，那么张小博的妻子在这个事件闹得这么大后，势必会选择离婚。

只不过，筱涵忽略了一点——他可以通过聪明才智来酝酿一场对自己有利的杀局，但他的对立一方——警察们，可能没有他这么聪明。然而，警察是一个职业，也就是说，警察毕生的时间，都是在破解犯罪分子所酝酿的各种手段。犯罪分子用他们想当然的方法论挑战的，是我们的专业。

况且，犯罪者的目的不是犯罪，而是利益或者某些见不得人的目的。

而对于我们来说，破解犯罪者的阴谋，是我们的职业。

那天晚上，欧阳双绛还是被带去了市局。景哲想要守着我，可是他看着局里其他同事的背影时，那眼神中有着企盼。所以，我要他也跟着过去。毕竟，这是他经手的第一个案子，而受害者又是他的女友。

余穗本来是要值夜班的，她和人换了班，又弄了张小床，要陪我在医院里待着。我说没必要吧，只是个留院观察的脑震荡而已。

她微微笑了笑："你就当我想要黏着你就可以了。"

她是个脑外科的主任医师，经常要上手术台。所以，她的情绪和她的手一样，非常稳定。实际上，这稳定的情绪也促成了平日里的她并不像一般女生一样矫情与热爱幻想。

我总觉得今晚是一个例外。因为我的问题并不大，就算有一点点耳鸣，但这种短暂的后遗症，在头部有受伤时非常正常。可是，一向颇为务实的她，却抱回了一束花，并将花插在了我的病床床头。

警察的直觉，令我隐隐察觉到有什么不对。窗外的晚霞早已散去，取而代之的是一轮明亮的圆月以及如幕布一般的黑色苍穹，碎钻般的星子，是此刻天幕上的点缀。

我就开始问她了："余穗，你是不是有什么事在瞒着我？"

她那正在拨弄花的手抖动了一下，对于一个脑外科医生来说，这种抖动，可是会取人性命的。但她并没有回头，声音不大："是的，我是有事瞒着你。"

"能说吗？"我问道。

她："今晚不想说。"

我笑了："那明早能说吗？"

她还是没转身："明早就算我不想说，你也会知晓了。"

"哦！"我满心好奇，但是并没有继续追根问底了。如若是她今晚不想让我知道的事，那不知道就是了。

半晌，她将那花收拾好了，终于转身。我以为我会在她的脸上再次捕捉到与平日不一样的神情，结果证明是我多虑了。她笑着，和平日里一样好看。接着，她坐到床沿上，抓起我的手，贴到她的脸上。

余穗说："谷宇，你娶我吧？"

我抿了抿嘴，避开她的注视："等……等忙完这一阵吧。"

"我知道，你是怕自己哪天出事，然后我得为你守寡。"她淡淡地说道。

"嗯。"我并不想否认。

她继续笑着："可是，你也耽误了我这么多年了，我这辈子，注定要被你耽误掉的。"

我苦笑了："我并不是不想结婚，我只是……嗐，怎么说呢，我也不知道怎么说了，我师父老景的事，我跟你说过很多次，你忘了吗？"

"可是……"她收住了笑，"可是如果你不娶我，万一哪天真的发生什么，你就不会娶我了。那么，这世界上，就没有我真心想要嫁的人了。"

我再次察觉到有什么不对。我抬起双手，搂抱住近在咫尺的她："傻姑娘，你看看你都在说些啥！"

她突然"哇"的一声哭了，整个身子好像在这瞬间被抽空了什么，一下扑到了我的怀里。她开始大声说话了，而她说出的话，如雷霆霹雳，震耳欲聋。

"谷宇，我得脑癌了……我是一名脑外科医生，可是，我自己却被发现得脑癌了……谷宇，你再不娶我的话，我想，我没机会嫁给你了。"

我的世界，再次崩塌。

我认识余穗时，是和李淳带着两名犯罪嫌疑人来医院做体检，体检完要送看守所。当时我穿着警服，心里惦记着案子，走路的步子太快，就撞到了一个和我一样步子匆匆的她。

然后，我们就互相之间说对不起，也都把错揽到自己身上，最终，我俩相视一笑，意识到眼前是一个和自己一样的人。

一个警察和一名医生的爱情，没有太多浪漫的情节。我们一起去看剧情很老套也很正能量的电影，吃他们医院老院长给她推荐的粤菜馆。我们聊的是以前各自在学校的有趣事儿，因为我们的职业生涯中，能让人听着觉得精彩的事那么多，可都不适合在一次约会中说起。因为她的职业中看到的都是生离死别，而我的职业中满是人性的狰狞与丑陋。

我爱她，所以，我总害怕她要承受当日的老景的妻子与景哲要承受的事。但我又不愿意离开她，总觉得到某天，我要面对的危险都会消散一般……

我从没想到，她也可以突然间以某种方式永远离开我，也永远离开这个世界。

我想娶她了。我在这个有着皎洁圆月的夜晚，迫不及待地想要娶一个叫作余穗的姑娘了。哪怕我们结婚的次日就将面对生离死别，也在所不辞。

我爱她……我愿意承受她在我生命中割裂一般远走后会带给我的撕扯成无数碎片的世界。

第三部分　筱舒

　　我是筱舒，我是一个心理咨询师。书上说，每个人心灵深处，都有着一个自己的思想进化着的角落。在那里，能生出一个直面任何苦难的自我。

　　我信以为真。

　　但是，如果她的心灵深处，还住着另外一个筱舒呢？

第十章　第一个我

1. 落跑公主

小时候，我很喜欢看有着王子与公主的童话故事，可那时候我认识的字不多，于是我就缠着我哥哥给我读。

我哥哥叫筱涵，是他们班上的班长，佩戴着三道杠，系着红领巾，牵着我的手，去到市图书馆，专门找那种有着公主的童话书。然后，他用他的儿童借书证，把童话书借回家。放暑假的那些日子里，爸爸妈妈不在家，他就在家给我读童话书里面有着王子和公主的故事。那会儿，听故事的我就会时不时插嘴，说："哥哥，其实我就是这个公主，我从书里跑出来了，做了你的妹妹。"

哥哥说："很荣幸成为你的哥哥，既然你是公主，那我，岂不就是王子了？"

我们一起哈哈大笑。

哥哥是一个所有人都认证过的好孩子，他甚至在那个年代里就有着良好的是非对错观。我们邻居家的小哥哥上高中了，开始偷偷抽烟。在20世纪90年代，这属于司空见惯的事儿，可我哥哥这号小大人，居然跑到小哥哥面前，批评他的行为，并将这事告诉了小哥哥的爸爸，让他挨了一顿揍。而这顿揍，没过多久，又被小哥哥给转移到了我哥哥身上。现在回想起来，都还觉得好笑。

后来，图书馆的儿童区里有王子和公主的书，就被我哥哥给读完了。我们就偷偷拿了爸爸的借书证，跑去了图书馆的三楼，那里是成人借阅区域。我们站在门口往里看，相视咂舌。原来，成人世界里的一切都是如此浩瀚，图书摆得密密麻麻。

哥哥牵着我的手进去，给图书馆管理员说，是爸爸要我们来拿书的。其实要拿什么书我们也早已经想好了，那本书叫作《黑暗世界童话集》，据说，那本书里的王子和公主生活在另一个世界。而那个世界，与我们之前看过的所有童话书里的世界完全不一样。

图书管理员没有深究，告诉我们去哪个区域找那本书。于是，哥哥牵着我的手往前。我们前后左右的书架都很高，不像儿童借阅区的书架都是小矮柜而已。很多书摆放的位置，我觉得就算成年人踮着脚也无法拿到。那会儿我就渐渐明白：在成年人的世界里，有着很多东西，是成年人自己都够不着的。就算是大人，也只能抬头看着自己想要的东西，咽着唾沫，无法拥有。

一排一排的高大书架，整齐摆放在偌大的借阅区域里。哥哥牵着我的手心明显有着湿漉漉的汗液了。我想，哥哥一定也和我一样，觉得这会儿我们所处的位置，像是一个巨大的迷宫。而我们就是在迷宫里探索的小孩。最后，我们是欣喜的。因为我们顺利找到了一本《黑暗世界童话集》，一本有着黑色封面与烫金字的厚厚的书。我们急不可待地翻开想要先看一眼，谁知道我们翻到的那一页，有着一幅黑白图案。图案里，一个满头卷发的女人赤裸着身体躺在地上，在她的旁边，有一个头上有巨大犄角的魔鬼，举起了一把尖刀，朝着女人那裸露着的胸部刺去。

我们觉得有点害怕，也非常紧张。我们对视了一眼，然后拿着这本书，快步往柜台走。我们办好了借阅手续，哥哥抱着这本书在前面跑，我在后面紧紧跟着。我们急急忙忙地回家，坐到我们的小书桌前。我们翻开了这一本《黑暗世界童话集》，开始窥探与我们小孩子所看到的世界完全不一样的大人所看的世界。

也就是在这个暑假后的某一个周末，妈妈带着我们去往市百货大楼，给我们买礼物。在市百货大楼门口，我们遇到了双眼通红的张金伟。他那魁梧的身体如同一面高墙，让人感觉窒息。他那狰狞的表情在我的世界里逐渐幻变，长出了巨大犄角和长长的獠牙。他将手里的石球举起，就像《黑暗世界童话集》里面的恶魔举起的利刃。

我们那本来美好与幸福的童年，终结在1994年的一个周末。从此，我和我的哥哥筱涵的世界，变成了一个黑暗的世界。

我们和我们最爱的妈妈，连一句告别的话都没有说过……

筱涵对我说，他从那天开始，就不再幻想各种美好的事情了。每晚入睡前，他的脑子里都是如何折磨那个杀人恶魔的场景。筱涵还说，请你相信我，我一定会让他付出沉重的代价的。

后来，我上高一那年，爸爸也没了。没过多久，哥哥退学。所以，本来品学兼优的筱涵，有一次喝醉酒后跟人说，他这辈子最大的遗憾，就是没有参加过高考。因为他幻想过无数次通过高考，开启一个新的人生，完成他想要完成的很多事情。

他开始变得忙碌，骑着那一辆单车，在城市中奔忙。他说，只有这样，妹妹你才不会觉得自己是一个没有了爸爸妈妈的孩子。因为他答应过爸爸妈妈，在他们不在的时候，要照顾好妹妹。

他做到了。

我拿到大学录取通知书的时候，他比我还要激动。

因为有筱涵，我才始终有一个家。而在那时，他还没有杀过人。而我……我……我也没有。

大四那年，我接受了穆政。他是我大学的同学，一直对我很好。我想：如若不是因为自己的拮据所带来的自卑的话，我可能会更早接受他的。穆政是一个高高大大的男孩，喜欢笑，笑起来有一对酒窝。于是，他的酒窝就让人觉得他是个缺心眼儿的男孩，从而不会对他设防。我对他说了，他就继续笑，说："筱舒，你压根儿就不用对我设防，因为在你我之间，本来就没有防线可言。"

是吗？

我以为如此，直到那一个与他父母相见的夜晚。可能，在别人觉得，那是一件非常小的事情，但是对我却是很大的事。我急匆匆地跑到了街对面，坐到筱涵的单车后座。我用手紧紧抓住筱涵的腰，得以收获巨大的安全感。我再回头，看马路对面的穆政和他的家人们。突然间，我意识到，他们和我们压根儿就不是同一个世界的人。他们永远无法共情我和哥哥所处的世界里到底是个什么模样，那么，他也永远不可能给我真正想要的幸福与安全感满满的生活。

我觉得，我心底压抑了多年的恨意，就是在那一晚被点燃的。

或许，火星一直都在，缩在角落里并未被我察觉。引线，就是那一家位于大厦顶楼的高高在上的日本料理店。

要知道，对于穆政这样一个计算机专业的理科生而言，要靠外界的刺激令他们做出非理性的行为，并非易事。因为理科生本来就非常理智，情绪也要稳定不少。所以，我以为我由着自己的性子，在那天晚上对他肆无忌惮地用上行为操控的各种公式，并不会引发什么后果。但我忽略了一点，就是他对我的在乎程度。而这份深情，会让他失去本可以保护他心智的防线。正如他对我说的，在他与我之间，本就没有防线可言。

穆政，你错了。你可以不对我设防，但是，你不能认为一个打小就失去家人导致打小就彻底失去了安全感的女孩，会对周遭的一切撤下防线。

后来，我听当时去过穆政自焚现场的人说过他最后的模样。本来高高大大的他，最后只有黑乎乎的小小的一团，还蜷缩着。那些天里，没有人敢去图书馆，因为满图书馆，都是穆政留给这个世界最后的气味。

弗洛伊德最早提出了心理防御机制……

我们的躯壳，有着免疫机制，能够让我们不被病毒入侵。而我们的心理世界也有着一种堤坝，保护着我们的心智免于崩塌。而这一道堤坝，就叫作心理防御机制。在成为一名心理学专业的学生后，有一个阶段，我对心理防御机制特别着迷。因为我身边最亲近的人——筱涵，我的哥哥，居然是一个在遭遇重大家庭变故后，率先启用了心理防御机制的人。通过学习，我得以明白他在之后的成长过程中做出很多奇怪行径的原因。

在穆政选择了离开之后的那段日子里，我也主动启用了心理防御机制中的否定防御机制。我开始不断说服自己对方属于咎由自取，属于自作自受。这样，我就不会自责。

穆政的自杀，还让一个人变得非常激动，他就是我的哥哥筱涵。在我大学毕业后，他不再需要为我的生活费操心了。于是，他报了自考，选的也是心理学专业。他告诉我，如果行为操控真能这么强大的话，或许，他想要成为一个只有在童话故事里才会出现的、能够令所有罪恶者都付出沉重代价的审判者。

我没有反驳，因为我自己知道，我对穆政的行为引导之所以成功，是因为他对我有着深厚的感情。而这，实际上也是我无比自责的原因。

我想，我会用毕生来偿还我对这个一度深爱我的男孩的死，所要接受的惩罚。

我想，我会孤独终老，身边安躺过的人，只会有一个，他就是在烈火中湮灭的穆政。

而这时，我认识了一个叫景哲的年轻人。

女人，穷其一生都是在追求着安全感。所以，父亲的角色对她非常重要。因为在原生家庭中，能够给予小女孩足够多的安全感的人，正是她的父亲。很幸运，我的父亲是这种人。他是一个教师，虽然有着文弱书生般的模样，但这并不影响他对我们整个家庭的悉心护佑。可是，在他并没有在的那天，变故还是发生了。紧接着，他低落了，沉默寡言了。他继续护佑着我与哥哥，可那一举手一抬足间，我们能明显地感觉到他的心不在焉，感觉到他的力不从心。

小小的我意识到：父亲，其实在母亲离世的那一天开始，就将自己的生命化成了丝丝缕缕。每一天，他都会对另一个世界的爱人献上思念。他的献祭品，或许就是这丝丝缕缕中的某一丝或者某一缕。最终，他的生命也变得弱了、再弱了。终于，他在我15岁那年，心力交瘁，猝死在学校的操场上。

哥哥却强大起来，高中毕业的年纪，承担起了我的世界里的全部。他踩着那一辆父亲留给他的自行车，在海阳穿梭。他打着零工，好几份。他学会了修我们那个老旧房子里的电路和水管。他无数次在海阳大学的门口等我放学，然后载我回家。

到我毕业后第三年，他的自考也过了。当时，我们观察者心理咨询中心的创始人沈非医生，已经和他妻子在大理买了一块地了。所以，他给了我不少股份，让我负责管理中心的事务。到他去了大理后，更是与他在海阳的世界渐渐割裂。我隐隐约约听说过，在他身上发生过很多事情，令他一度崩溃，却又一次一次地站起。所以，我对他最终离开并选择了一种每天都是蓝天白云的生活，非常理解，也很羡慕。

哥哥也加入了我们的咨询中心，成为一名心理咨询师。他掌握了很多心理学知识，却变得越来越奇怪。其实，我如果尝试努力，是很容易分析出他内心深处这些改变的原因的。但我不想去深究。我知道他是在给自己营造一个新的人设，而这个新的人设，或许就是他对自己接下来要做的事情所披上的保护壳。

他做着的事情，没有让我知晓。我也不想去知晓。因为我的心中有着一根尖刺，就是湮灭在火焰中的那个男孩。我不想重蹈覆辙，用所学去伤害他人。

一直到……一直到筱涵做出了让我觉得无法被原谅的事来。

于是，我在走出麻风岛的那个下午给他打的那通电话的最后一句话是："如果，恶魔在这世上的存活，令你如鲠在喉，那么，凝视深渊后已经变成了恶魔的你，是不是也应该进入深渊，接受毁灭呢？"

我的人生，经历了三次让我的世界支离破碎的告别。我与母亲告别时，尚年幼，伤心欲绝。我的悲伤，尽人皆知，所有身边人都努力帮我走出低谷。

我与爱人告别时，心智逐渐成熟。我努力将悲伤收拢，也拒绝周遭人的安慰。我不配拥有安慰，因为自己就是那个将人推落悬崖的始作俑者，并不值得同情。

但也是这第二次与至亲人的告别，令我再也无法像以往一样，将自己的秘密放入柏然老师所打造的树洞。

我有了不可告人的秘密。

到我的哥哥筱涵也点燃了自己的那一晚，我感觉自己被撕成了碎片。

我只是个很普通很普通的女人，我也本应该拥有着一条很平凡也很平坦的人生轨迹。奈何那翻云覆雨手肆意妄为时，将他人一辈子都无法遭遇的事，悉数塞入了我这三十年的生命中。

　　而这个本应该普通与平凡的我，在这个夜晚里，身边陪伴着的，是一个和当日走出学校时的我的人生轨迹大相径庭的男孩。

　　他，就是景哲。而他，还长着一副令我瞬间收获巨大安全感的五官和身形。因为，他的父亲景海峰，在二十三年前，曾经在正遭遇着巨大悲痛的小小的我的身旁，充当了那个令我收获巨大安全感的角色。

　　我们都是学心理学的。所以，在他费心观察我的同时，我也能够洞悉他的诸多小小心思。他是景海峰的儿子，所以，说他和想要找出真相的刑警们没有瓜葛，是不可能的。但我并不排斥他，因为他是老景的孩子，是一个在我心目中真正做到了能够给予身边人足够安全感的父亲的孩子。遗憾的是，他的父亲，也在他尚未成年时，离开了这个世界。

　　我不知道他为什么会选择心理学专业，我也不想去尝试证实他选择心理学专业的初衷，是不是知道行为主义心理学中那可怕的行为操控的存在。我承认，我在最初选择心理学时，是有这么一点阴谋的。而筱涵选择心理学，就完全是因为行为操控。

　　景哲是个好孩子，他在我身边待着的这十几个小时里，努力做着他想要做的事情。但在我看来，都是徒劳。因为我本就没有参与到筱涵的任何计划中，也无意知晓。尽管如此，我与筱涵作为兄妹的默契，也注定了我会猜测到很多事情到底是如何发生的，又是如何结束的。我的不知情，不过是筱涵作为哥哥为我打造的堤坝而已。

也是在这十几个小时里，我甚至还猜出了景哲在树洞里的编号，进而将一个和我哥哥一样，想要用行为主义心理学为难他人的树洞背后的男孩的真实身份坐实了。

都不重要了……

最终，哥哥走了，是我需要开始全力以赴面对的现实。接下来的几天里，我努力使自己维系好我想要打造的冷静知性的模样，但真实的我呢？

我正常作息，到点上床。我知晓很多打败失眠的方法论，所以，我并不会睁着眼睛面对漫长的黑夜。但是，我的所学并无法控制我的梦境，梦境才是最为真实的潜意识世界的写照。

我每晚都梦见哥哥。他牵着我的手往前行走。我扭头看他，看不见他的表情是高兴抑或是悲伤。他急急忙忙，快步往前，手掌微微潮湿，把我握得紧紧的。接着，我看见了爸爸，看见了妈妈，他们也都在我左右，也在急急忙忙往前走。

我走不动了，可他们却没有顾及。哥哥松开了我的手，快步追着爸爸和妈妈。

我很慌张，我冲他们喊："我还在呢！我还在呢！"

他们好像听不见我的说话声，背影消失在我的视线中。

我猛地坐起，敞开的阁楼外面，是浓浓的云层。在那云层与地面交界的位置，有着一条长长的光亮——这是黎明即将来到的帷幕。

我看向旁边的电子时钟——2017年4月6日4点55分。

四个小时后，张金伟将走出精神病院，重获自由。

2．意外的电话

我开了灯，拿起旁边的发夹，将头发随便夹了一下。我抓起手机，走出了房门，上了天台。是的，这个夜晚，我又回到了老屋子里，睡到了我的小小阁楼里。因为这里才是我真正意义上的家。我在这里出生，也在这里长大。

我又一次坐到了天台的靠背椅上，将腿放到另一把椅子上。云层很低，这是有一场大雨正在蓄谋的缘故。我伸长脖子去看不远处的运河，想要在那有着反光的水面，捕捉到有雨滴落下的佐证。就在这时，我看到了一台警车，孤零零地停在河边的路上。车窗是开着的，里面还坐着人。

我没有在意，将目光收拢。我努力让自己放松，尽管心头依旧沉重。我拿起手机，开机，一条未读信息就弹了出来。

是柏然老师发过来的，就两个字：回电。

我看了下时间，三个小时前，也就是凌晨两点左右。我皱了下眉，寻思着要不要在这个点给他回电话，毕竟太早。

思前想后，我给他也发了个信息：老师，你睡了吧？

信息发出去后，很快我的电话就响了，是他给我打过来了。

"老师，你找我？"我小声说道。而也就是这一刻，我无意间看到那辆停在我家楼下运河边的警车的车灯闪了一下。

"是的，筱舒。我想着，你今晚一定睡不好，所以，我想要请你吃个早餐。"柏然老师在电话那边慢悠悠地说道。

我站起身来，开始留心那台警车以及警车上坐着的人。我继续小声说道："其实，你不用担心我的。我哥哥的事，我想，我能够消化，也能够让自己安静的。"

柏然老师在话筒那头沉默了几秒，末了，他说："我想要和你聊的事，确实是可以帮你解开某些结。不过，或许不是你以为的一个结，而是……嗐，筱舒，你过来吧。我在精神病院附近，这里，有一家肠粉店，看起来好像不错。"

"啊，你去精神病院干吗呢？"我有点讶异。

"你过来吧，来了我再和你好好聊一聊。"说完这话，他直接挂了线。

放下手机，我抿了抿嘴。4月6日……如果哥哥还在的话，今天，一定是一个让他非常忙碌的日子。他在我不曾知晓的世界里，做了很多事情。他不想让我知晓，我也没有想要尝试去了解。嗯，我想，如果他在的话，那么这个早晨，他应该会守在精神病院门口，等着张金伟从医院里慢悠悠地走出来。

在今天，他会做些什么？我不得而知。

所以，对于柏然老师的建议，我认为去看看，倒也无妨。老师知道我和哥哥的很多事，或许，他就是想要用他的方式，引领我走出我潜意识深处某一个我自己都不曾察觉的黑暗角落吧？

我恨张金伟吗？

我不知道。他是一个精神分裂症病人，所以，在他的世界里，还充斥着另一个或者另外几个人的声音。那些人会引诱着他，一步一步迈入深渊。而如果真要为我母亲的离世寻找到一个真凶的话，那么，凶手就是那并不存在的生活在他的世界里的其他一个或者那几个声音。

我简单梳洗了一下，然后开始下楼。老房子的木楼梯，会有轻微的声响。我努力着，尽量不吵醒帮我管理这宅子的那两口子。

我轻手轻脚地出门，将门带上。出院子，踩过那条麻石板的路。晨曦的微光下，停在运河边的那台警车逐渐近了。车里的人应该也已经看到了我，他打开了车门，走了出来。

居然是景哲。此刻的他，身上穿着一套警服，肩膀上只有一个圆圆的扣，说明他只是个刚加入警队的见习辅警。

他往前了两步，到了我面前。

"真早啊。"我冲他微笑，"我想，我现在应该叫你景警官了吧？"

他撇了撇嘴，也笑了。接着："目前还不能这样称呼，等我考过了再说。"他犹豫了一下，又问："筱舒，你是要去哪里呢？市精神病院吗？"

我倒也不想隐瞒，点头。

景哲："非得去吗？放不下吗？"

我耸了耸肩："我早就放下了，但是，我也有去看看的权利吧。"

景哲沉默了几秒，接着目光炯炯地抬头，望向了我的眼睛，问道："你是骡吗？"

"什么骡？"我有点莫名其妙，"景哲，你在说什么啊？"

景哲深深吐出一口气，好像放下了心头的一块石头一般。他又问："那么，师姐，我今天可以再陪你一天吗？可以再给你当一天司机吗？"

我歪头看他："为什么？景警官，你今天怎么这么奇怪呢？"

他苦笑了，朝旁边的河面看了看。他这是在避开我的眼光，害怕我看出此刻的他有着某些情绪。而他这种年纪的男人，不希望自己的情绪被人看穿，也是正常，倒是不用过多解读。

他说："师姐，今天是张金伟出院的日子。对于我们警方来说，之前的案子已经告一段落，画上了句号。但是对于我来说，你——这一切的当事人，能够安静地面对这一切，安静地过完今天，才是我真正想要帮你做到的。师姐，希望你理解。"

"那好吧。"我拿出我的车钥匙，朝他递过去，"那么，今天你再做我一天司机吧。"

景哲摇头，他指了指身后的警车："坐我们单位的车吧。我还只是个见习，扯着我的李淳哥说了半小时，他才答应我开车出来。"

我笑了："那你这算不算公车私用呢？"

"不算。"景哲转身拉开了车门，"我是在为之前的案子收尾。"

"好吧！"我乖乖地上了车。

警车开出了花拌坊。身后，是有着我的所有辛酸过往的世界。身前，是一个我可以完全由着自己选择的世界。

我突然意识到，景哲为什么要开着警车陪我过今天这么一个或许对我很奇怪的日子了。

对于我来说，警车以及他身上的警服，不正是对我形成了一种强烈的正向暗示吗？法律、社会常理以及社会规范这些，不正是我们无法逾越的由超我竖立起来的鸿沟吗？

"你为什么要这么做？"我将座椅往后退，侧身朝着他。这样，他的侧面表情得以被我看得非常清楚。对于我们这种心理学专业的人来说，这样做，就相当于在开启一台测谎仪。

景哲瞟了我一眼，笑了。

"我觉得，我就是应该这样做。筱舒师姐，我可以给你讲一个故事吗？"

我"嗯"了一声，索性把鞋也脱了，座椅后背放下，缩在位置上开始听他的故事。

景哲抿了抿嘴："以前，有一个小孩，他爸爸死了。于是，他很恨他爸爸身边的某一个人，因为在他看来，如果那个人在他爸爸死的那个上午，做了某些预防措施的话，那么，他爸爸的死就不会发生。从那以后，小孩的脑子里都是恨意，并想要用他自己的方式复仇。可最终，他释怀了，觉得没必要了。因为如果他爸爸还在的话，根本就不会怪那个人，更别说会想看到这个孩子做出某种愚蠢的事情了。"

说到这儿，他就停了。

我问："这就没了？"

景哲这才开始继续："后来，他有了一个爱人，那是一个很好的女孩。他们生活非常拮据，但他们很快乐。只不过，他们的快乐，或许并不是表面上看起来的快乐。在他们心里，都隐藏着各自的小秘密。而这些小秘密，之所以不让对方知晓，更多的是因为害怕对方承受这些秘密会带来的后果。于是，他们两个人的爱情故事，其实是一个没有未来的爱情故事。因为在未来，他们会用如同飞蛾扑火的方式去结束自己。也就是说，在他们每个人的内心深处，都认定自己是没有未来的。自然，也就没有在未来好好陪伴着对方的机会。"

我抬起左手，托着头，小声搭着话："现在，是说到了景哲和韩璐的故事了。"

"嗯。"穿了警服的他，显得比之前要成熟了不少，"这些天我想了很多……如果……如果让我有机会回到之前的话，我一定会尽我努力，将她内心深处的那股子执念深挖出来，然后用我这么多年的所学，将之消灭。可人一辈子最大的遗憾，就是危机出现之前，无法预知。总要等到最终失去后，才会恍然大悟。师姐，我们都曾失去过最为亲密的人，那么，我的这种与过往一切遥相呼应着的悲伤，你应该最能够共情吧？"

"算是能够吧？"我将膝盖往上提，双手抱膝。我又再次换了一个姿势，让我在这台警车的副驾驶位上，尽量找到一个最为舒服的感觉。

最终，我感觉自己似乎找到了一个最为舒服的蜷缩方式了。紧接着，我的眼帘变得沉重。身边的景哲说着的话语，在我的世界里开始变得遥远开来。

车辆的前方，晨曦已经迫在眉睫。那从天际往上升起的光亮，是复仇女神的欣然来到……

第十一章　复仇女神

1．我是夏至

我并不喜欢筱涵，因为他是一个懦弱的人。哪怕，他是我的哥哥。

不过，他是和我聊得最多的一个人，他总是叫我筱舒。可是，我并不喜欢筱舒这个名字。他告诉我，筱舒就是我的名字。我想了想，然后问他今天是什么日子。他说："今天是夏至。"

我说："好吧，我就叫夏至。"

筱涵说："也好吧，夏至……嗯，一个挺热烈的名字，和你的性格很像。"

然后，筱涵开始很认真地告诉我我是谁……我听得不太明白，但又似乎隐隐约约明白——在我的身体里，不单住着我这个叫作夏至的女孩，还住着一个叫作筱舒的女孩。

"所以……"筱涵很认真地说，"所以，你就是筱舒身体里的第二个人格，一个想要复仇的叫作夏至的女孩。"

　　我的记忆支离破碎，像是一张遗失了大部分板块的乱糟糟的图片。我想，这是因为我记忆力不好的缘故，绝不是如筱涵所说的缺失的缘故。但是，我记得的那些部分，又总是特别深刻。筱涵说，那些部分，在我身体里的另一个人——筱舒的世界里，又是完全缺失的。他说我和筱舒的记忆是可以互补的，她拥有所有美好的部分。而我，拥有所有悲伤可怕的部分。

　　筱涵又说："这可能就是你会出现的原因吧！筱舒的心理世界里，令她无法承受的种种太多太多，于是，她分裂出了你这个叫作夏至的女孩来。而你，就是为了承载她所无法承载的部分而生的。"

　　我笑了。如果真是这样，那么，他所说的这个筱舒，一定是一个弱小到卑微的窝囊废。

　　我想，我和她是不一样的。隐隐约约中，我记得希腊神话中有着一位复仇女神，她拥有高大健硕的身体、巨大的翅膀和由蛇编织成的头发。她手执火把和蝮蛇鞭，在大地上肆意奔驰，寻找那些杀人凶手，然后将之残忍杀死。

　　好吧。我觉得我就是她。

　　希腊神话中的复仇女神叫厄里倪斯。

　　而我，叫夏至。

　　"你是叫景哲吧？"我将副驾驶的座椅调直，身体也不再蜷缩，腰杆笔直起来。

"咦？"坐在我身旁的这个穿着警服的小伙愣了一下。他将车速放慢，扭头看了我一眼。

我开始翻我的包，找到一个应该是筱舒放在里面的橡皮筋。然后将头发扎了起来。我一边做着这些动作，一边对他说："你不用大惊小怪，你是学心理学的，人格分裂应该是知道的。嗯，我也知道。只不过，我很反感我身体里的那个叫作筱舒的女人。"

他将车直接停到了路边，继续扭头看我。他眉头皱得像个麻花似的，甚至带着一点惊恐和慌张。让我觉得他骨子里的懦弱被展现得淋漓尽致。

"那么，你是谁？"他问道。

我索性将安全带解开了，侧身向他："我叫夏至。"

"可是……人格分裂里的附属人格，一般都不会知晓主人格的存在啊。"他的吞吞吐吐，说明了他对此刻的所见，完全没有接受的勇气。

我笑了："景哲，你忽略了一点，那就是我始终是个心理学专业的硕士生。再说了，我身边还有着两个顶尖的心理学方面的专业人士。他们不会让我只是个暴躁的傻瓜的。"

"你说的身边的心理学专业人士，包括筱涵吧？"

我耸了耸肩："有他。"

他又问："另外一个呢？"

我："无可奉告。"

景哲的眉头开始舒展开来，我觉得，这是他即将开始投入与当下的这个我的对话的标志。这种感觉让我很舒服，因为我所擅长的，就是对人心灵的操控。于是，我将话题引入正题："景哲，我曾经看过一本科幻小说，里面有个反派我很喜欢。他叫骡，他能给人的思维中埋下一颗种子。在未来，这颗种子会生根发芽。最终，引领着对方的人生，走入一个新的方向。"

"这本书叫《银河帝国》。"景哲点了点头说道。

"是的。"我继续留意着他的表情，此刻，我需要将他的冷静和从容悉数击碎。然后，他才会成为一个像我一样，真正拥有对人生的信仰和追求的人。

于是，我柔声说道："我隐约记得，几年前，我接触过一个叫作韩璐的小姑娘。"我边说边从包里拿出太阳镜戴上，此刻前方的晨曦开始升起。所以，我的这个举动是合理的。而我选择戴上太阳镜的目的，却是让我能够放肆地盯着他的眼睛，搜刮他内心深处波澜的痕迹。

果然，在听到韩璐的名字后，他的表情僵硬了一下。他的瞳孔有扩张的瞬间，搭在方向盘上的左手的食指，也抖动了一下。

"你对她做过什么？"他在努力压制自己的情绪。

我暗自窃喜，因为他只要有过压抑，就注定了他也会有爆发的巨大可能性。而他爆发的样子，就是我最希望看到的能够真正分辨是非对错的天使，而不再是他当下这么个假惺惺的、被规则和常理绑架着的俗人模样。

我又一次耸了耸肩："我能做什么呢？景哲，我想问你一个问题——如果一对夫妻，都有了严重的心理问题，然后我们走进他们的世界以后，发现他们心理问题的核，是来自与对方鸡飞狗跳的相处上。那么，我们应该怎么做？"

景哲想了想："首先我们必须让我们的来访者明白，心理咨询师无法解决他们生活中的问题。我们也无法真正改变一种关系，只能找出问题的结，并打开这个结。"

"是的。"我点了点头，"所以，我们其实做着的是一个令人不齿的工作。因为我们找出的核，往往就是这两人根本就不能继续生活在一起。唯一的办法，就是赶紧离婚，然后各自安好，最终成为两个心理健康的普通人。"

景哲撇了撇嘴："这是事实。"

"那么……"我开始紧盯着他的眼睛，"在当日那个小小的韩璐刚刚崩塌的小小世界里，是不是需要给她指出一条真正能够支撑起她勇往直前的道路？抑或是，探出道貌岸然的样子，俯视着她，对她施以安抚与慰藉，告诉她，要学会承担与面对呢？"

"所以……所以是……是你……"他脸颊两侧的咀嚼肌动了一下——他的情绪开始进入起伏阶段。

"景哲，在那种情况下，换上你，换上筱舒，你们会怎么做呢？要她买二十节找我们心理师聊天的课，然后虚伪地告诉她要勇敢、要坚强？景哲，你不觉得那样做很残忍吗？而真正能够让一个人瞬间燃起斗志的，是哪一种情绪呢？是仇恨。"我继续紧盯着景哲的眼睛。我将我接下来的话放缓，但是又保证足够有力。

我沉声道："我告诉她——韩璐，你是一个没有未来的人。"

"砰"的一声，我身旁的他将方向盘打了一拳。他身体朝我一倾，让我下意识地退了一下。紧接着，我又连忙迎上，并用挑衅的语调说着看似无辜的话："景哲，对于韩璐来说，选择懦弱与苟且，或是选择直面与坚强，哪一种方式更好呢？难道你希望那个小小的她，在抑郁中毁灭吗？"

我的语调提高了，语速也加快了："景哲，假如我没记错的话，韩璐的姐姐离开，然后你父亲老景让她来找我的那些日子里，也正是你永远失去了你父亲的时候。那么，你又是如何让自己重新振作起来的呢？难道不是仇恨将你点燃，最终才有了此刻这个真正意志坚强的你出现吗？"

我一字一顿："景哲，你想让谷宇自杀，不是吗？"

最后这句话，应该能将景哲的心理世界彻底瓦解。可是，让我意想不到的情况却出现了。本来已经满脸通红，目眦尽裂的他，在听到这句话后，却明显愣了一下。

他扭头，抬起左手，将车窗放下了，自顾自地看了外面一眼。接着，他回过头来，伸出右手，将副驾驶前面的储物箱打开，翻了两下，最终拿出一包烟和一个打火机。

他并不抽烟，这一点不用我去搜刮筱舒的记忆，也能够通过他行为举止的细节捕捉出来。接着，我看他动作笨拙地将烟叼上，用打火机点上。他狠狠地吸了一口，吐出去。接着他自言自语地嘀咕道："浅浅一口，和空气一起吸进去。"

他浅浅嘬了一口，很夸张地往胸腔里吸入。

他剧烈地咳嗽起来，将手里的烟在中控台上的带盖子的烟灰筒里掐灭，并盖上。

他情绪似乎重新稳定了，望向我。

他抬手朝我伸过来。我再一次往后退。可是我和他在狭小的车厢里，我并没有退路。

我的太阳镜被他摘了下来。他和我一样，开始紧紧盯着对方的眼睛。

他的话语声坚定有力："筱舒，请你相信，这世界上有一种人，无论他经历过什么，又迷失过多久，最终，他还是会选择良善的。"

我笑了，我喜欢这种有人和我针锋相对的感觉，这种感觉让我很兴奋，觉得非常刺激："景哲，我想，你认错人了。我叫夏至。这是比小暑的热烈冷静很多的另一个节气的名字。"

"好吧！"景哲点了点头，他将右手抬起，食指往上，放到了自己的嘴唇上。我们的嘴唇代表着我们曾经度过的婴幼儿时的口欲期。所以，将手指放在嘴唇上，能够让望向男人的女性产生一种无法控制的亲切感，好像对方瞬间变成了一个对人并不设防的孩童。

我选择了与他直视相对。他也笑了一下，开始说道："好吧，夏至师姐。很高兴认识你，也很高兴，作为一个刚穿上警服才几天的见习辅警，在刚才你的话语中，捕捉到了两个让我特别感兴趣的点。如果你不介意的话，我想要问问你。你也不需要费劲解释，只需要回答是与否就可以了。夏至，如果此刻的你与我是作为一场心理约谈中的来访者与心理师而面对面的话，那么，一问一答，也算是对对方的尊重，对吧？所以，我很期待此刻的你，配合一下我们在这车厢里的交锋，可以吗？"

我想了想，最终对他点了点头："那么，现在就开始吧。"

"嗯。第一个问题——每一个人，内心中都有着属于他一个人的秘密。这个秘密，会让他们憋得非常难受，于是，才有了树洞。人们会找到童话故事中那位剃头匠在森林中的树洞，然后将自己的秘密对着树洞说出来。所以，我内心深处有过的关于导致我父亲死去的那位第三者的秘密，你得以知晓的来源就只会有一个，那就是我们都使用过的那个小程序——树洞，也就是说，你的消息来源，只有一种可能，就是柏然老师的树洞。甚至，我们可以说得更加直接，那就是柏然老师告诉了你，一个关于我内心深处不为人知的有仇恨充斥着的秘密。"

我愣了一下，紧接着我意识到自己之前的话说得似乎有点多了，而其中的细节，被眼前的他捕捉后，他已经快速处理，得出了结论。此刻，与其说是他在向我问询，不如说是他在通过问话，再通过我的表情将自己的推理进行落实。

我避开了他的眼光，但我也不能食言。我索性点了下头，用这种自我欺骗的方式，维护住自己对另一个人的承诺。

"好吧，那么我们开始另一个问题。"景哲并没有深究，这反倒让我舒了一口气。他继续盯着我，然后说："师姐，或者，我也可以叫你夏至。你刚才提到的，在这个叫作夏至的你的身边，有着两位非常厉害的心理师，对你进行着辅导。其中一个，你也承认了是筱涵。那么，另一个，如果我没猜错的话，是柏然老师吧？"

一瞬间，我反而觉得一下子舒坦了一般。因为作为一个始终燃烧着的复仇女神，我被他们教会理性，并要我不能太过放肆。可是呢，熊熊燃烧的火焰，如何与遮遮掩掩的勾当共处呢？我不喜欢隐瞒，但又学着隐瞒。所以，这种保留着秘密的感觉，始终令我反感。

我回过头来，冲他微笑："是他。所以，你会去把他抓起来吗？"

这次换景哲愣了一下，他顿了顿，然后摇了摇头："目前还不够吧，不过我会深究。如果你们有做违法的勾当，那么，逃不过的。"

"我觉得非常奇怪，景哲，在我尝试揪动你内心深处最为柔弱的一块时，为什么你会一下子冷静下来，并开始询问我两个与韩璐完全无关的问题。"我也和他一样，将右手食指放到了嘴唇边摸了摸，"难道，是因为你们男人就比较健忘，死去了的爱人，在这么短短的十几天后，就变得没那么重要了吗？"

"嗯！师姐，你有了解NLP吗？"

"神经语言程序学。我共享着筱舒的所学所知，自然知道这些。"我照实回答。

"好吧。在NLP里，人的认知被分为六个层级。什么是认知呢？说得简单点，认知就是我们对于这个世界的看法。这个看法，最终就会决定我们如何行事。没错吧？"景哲又问道。

他的不断反问，其实是在将我架上他的思路。他需要的回答，都是只需要我点头的。这样，我就会开始陷入对他之后话语的完全认同的惯性中去。

我明白他所使用的伎俩，但很遗憾，他所说的，也是我所学的，我无法反驳。我只能对他点头："没错。"

景哲继续："第一认知层，叫作环境层，处于这一层的人会将所有的不如意归因于环境。在他们的认知世界里，个人在不好的环境下，所有的努力其实都没有任何用处，于事无补。第二层是行动层，行动层的人们认为通过个人的勤奋，能让自己的一切都得以改变。也就是说当一个程序员下岗了后，他去当跑腿小哥，在他自己看来，也是自己在努力的一种方式。至于第三层，就是能力层了，通过不断学习与精进才能改变自己的人生。而这三层，就是我们平时说的下三层。师姐，我的解释，没有错误吧？"

我继续点头。

"接着就是上三层。顶层的精神层我们没必要说道，那和马斯洛的五层需求里的顶层'自我实现'一样，是我们普通人无法企及的圈层，有点玄幻。所以，我们就只用讨论第四层和第五层。第四层是BVR，就是一个人的信念、价值观、规则与标准这些。作为一个真正成熟的社会人，不再为生活中的起伏而改变自己的行为方式。他会依照自己的信念、价值观和是非对错的标准来做出人生道路上的选择。所以，当老奶奶摔倒后，BVR层的人不会考虑要不要去扶，不会去担忧扶了后，他会不会惹上什么麻烦。因为，为需要帮助的他人提供帮助，本就是我们从小就习得的道德标准。"说到这儿，他看着我，停顿了。

我再一次点头。我必须承认，他的引导所带出的惯性非常强力，我无法反驳。我甚至开始有点跳脱地蹦出一个奇怪的念头——如果此刻与他对峙的，是我身体里那个叫筱舒的懒洋洋的女人，那么，她是不是会用某种我无法知晓的方法，对此刻的被动处境进行反击呢？

景哲语速加快了："第五层，就是身份层。他对自己身份的定位。于是乎，他要做什么，他要说什么，就更不需要思考了。他只要明白自己的身份所在，因为他有了使命，为了这个使命去做就可以了。"

他淡淡笑了笑："师姐，很多年前，我不明白我父亲为什么那么傻，明明可以让别人爬上电线杆，明明可以等着消防队的人过来了后再处理，可是，他为什么要挺身而出呢？很欣慰，我在这些日子里做出了一个人生的重大选择，也见识到了身边同袍为了救他人而赴汤蹈火。于是，我对父亲当时的胸襟，有了真正的共情。这一身警服，不就是作为认知层里的第五层身份层的一种加持吗？因为我们是警察，所以，警察在面对很多事的时候，考虑的本就不是个人得失成败，而是作为一个警察，我应该怎么做。"

他望向我的眼神，没有那么犀利了，变得柔和起来。他接下来的话语，让我在这几分钟里的高度紧张瞬间崩塌。他淡淡地说："师姐，很多时候，我们只需要做好我们的身份需要我们做的选择就可以了。正如……一个被仇恨裹挟着的叫作夏至的女人，你别无选择。"

我是夏至，我不喜欢这种被人裹挟却又无力挣脱的感觉。可是，此刻我身边穿着警服的他，说出的每一句，又都是和我以及我身体里的另一个女人的所学所知完全贴合的话语，令我无法反驳。

我选择了避开他的目光。车的前方，是已经漫了半个天幕的光亮，那光亮之上，却又还有着一团厚重的云彩盘旋。我开始意识到，如果我选择与他继续进行针锋相对的话，那么，拥有着光亮下的正确价值观的他，会轻而易举地击溃我。而我的利器并不是正面情绪，而是每一个人心中都有着的那一条软肋。我的特长，不就是在人们的这根软肋上，种下一颗种子吗？

而景哲的软肋，是一个叫作韩璐的女孩。

我需要唤醒的是一种叫作仇恨的情绪，接着，小火苗可以茁壮，进而燎原，填充满他的整个世界。

我回过头来，再次迎上景哲的目光。我话语声开始变得柔软，与他的快节奏的引导方式完全不一样。

"景哲，你说得没错，七年前的那天，我就是在走进我们学校心理救助中心的韩璐的心中，塑造了一个可以令她的心理世界不会崩溃掉的身份模型。而这个模型，会在每个周末，背上一个小小的背包，离开现实中她所处的世界。她的身后，可以有生活中的美好与苟且交织。好的，与不好的，快乐的，与悲伤的，在周末的早晨，都会变得不一样。因为阴霾，都会被驱走。韩璐会开始一种仪式，一种奔赴死亡悬崖的仪式，来缓解她内心那压抑着的情绪。于是乎，世俗中的一切，甚至包括一个爱人，又都算什么呢？"

我柔声说完，开始停顿。我单手托头，用一个很舒服的姿势，观察面前他的神情和微动作。

他嘴唇动了几下，但没吱声。

他明白自己在被我引领着往某一个他并不想要染指的方向行走，但这一场引领中，有着一个他所熟悉的穿着白色T恤的高个子女孩。

我甚至有点心酸，因为在同一时刻，我能够共情到他的心中所想——与所爱之人的生离死别，心碎为若干瓣、若干片。

我深吸一口气："我第一次见到韩璐时，她脸上有着两道非常明显的泪痕。"

2．泪痕

我和筱舒是一个共同体，所以，在描述我们的人生时，我很不情愿，但是又不得不用上"我们"这个词。

所以，第一次见到韩璐时，这个复合体的"我们"正在实习。不过柏然老师没有让我们去外面寻找实习单位，而是让我们待在学校的心理救助中心里，帮他接待一些来访者。海阳大学的心理救助中心非常有名，所以，不单是校内的迷惘师弟师妹们会过来，社会上的一些人也会来寻求帮助。对于社会上的来访者，我们一般都是拒绝的。因为我们中心的心理师，很多都是还没走上社会的心理学专业的年轻人。老师说，我们并不一定能够真正共情到大部分红尘中打滚的人的心理世界。那么，我们对于这些人的接待，就不一定有用。

但韩璐不一样，她是老景介绍过来的。至于，怎么会恰巧约到了那个下着暴雨的夜晚，我不得而知。对于一场影响到了韩璐往后余生的行为操控而言，因为暴雨而不断延长的来访时间，或许也是令我的施展得以顺利的原因吧。

我对筱舒的生活中的诸多细节，并没有太多记忆，我和她共有的，是我们的常识和所学。所以，她与韩璐在最开始的十几分钟里聊了些什么，我是不知情的。但有一点我可以肯定，她们的聊天中，渗出了人性中一些负面的东西。而这种东西，就是仇恨。也就是说，在和筱舒的对话中，韩璐应该流露出了她对于击碎了她原本安静生活的凶手的恨意。所以，我才会来到。

是的，因为我是一个将自己定义为复仇女神的，叫作夏至的女心理师。

那晚的雷雨，确实很大。心理救助中心里，只有我和她在，其他人都早早回去了。所以，我们得以在最大的那个接待室里坐着。我拉开了窗帘，落地玻璃外，是一片郁郁葱葱的草坪，视线特别广阔。在平日里，窗帘拉开后，外面是令人心旷神怡的大自然美景，蓝天和草地完美衔接，彰显着生命的美妙。而此时此刻，有暴雨和惊雷的衬托，整个世界，有宛如天灾即将到来的既视感。每一次闪电，都是天幕上闪现出的通往另一个世界的阶梯。

将窗帘扯开后，我没有再坐到韩璐的侧面了。心理师在与人沟通时，要尽量避免与对方面对面。所以，此刻的我和景哲在车厢里并排坐着的沟通场景，其实是很好的一种设置。只不过我与他都选择了对这一场景进行否定，而纷纷侧过身子，与对方直面。

在那一晚，我占据了筱舒的身体后，也选择了与面前的韩璐正对面的座位。窗外的闪电掠过，她颜面上的悲伤展现得淋漓尽致。她那双大大的眼睛里，没有丝毫光亮，像是一潭死水。死水往下，是溢出水面的泪痕，一路蜿蜒。那泪痕上满载的液体，又不时掠上被惊雷映出的光亮。光亮过后，是她逐渐暗淡的眼神。于是乎，她的泪痕与她那无神的眼睛对应上后，让人感觉属于她的生气，正在随着这两道泪痕，一点一点地，撤离这具悲伤的躯壳。

这般看着，我有点痴了。隐隐约约中，我觉得这一幕在我过往人生中，是一度经历过且深深刻入过的一段场景。可是，我绞尽脑汁，也无法将之提取出来。我明白，或许这是在筱舒的意识深处保留着的部分吧？可让人觉得特别奇怪的是，这份应该属于筱舒的记忆，为什么又让我感觉非常清晰呢？

那么，有没有一种可能，就是韩璐此刻的失魂落魄，正是当日的我的精神状态呢？那么，在让我身体里的另一个宿主——筱舒展现出此刻眼前女孩的悲痛欲绝的模样时，坐在我对面的那个人，是谁呢？

他的容貌，逐渐清晰。他的儒雅，他的宽厚，他的睿智，都是能够引领人轻易走出深渊的。于是乎，我是不是也可以如同他一样，带着脸上有着泪痕的小女孩韩璐，再次勇敢起来呢？

所以，我侃侃而谈，我细语柔声。我努力伸手，将深渊中的她的手掌用力抓起。然后，我开始给她灌输一种信仰，这种信仰，是围绕着她心底的一丝丝恨意而起。

我告诉她——你是一个没有未来的人。因为，你在你的未来的某一天，终会为了复仇，戛然而止地死去。但没关系，你的死去，并不会没有意义。因为你背包里会有着一杯和你姐姐的背包中一样的咖啡。而凶手在重复和上一次一模一样的罪恶时，一定也会做出一模一样的行径。

那么，他就会痛苦地死去。

我告诉韩璐："对于一个弱者来说，能够令你战胜恶魔的方法，可能就只有如此这般的选择。"

韩璐抬起头，问我："这，算不算飞蛾扑火呢？"

我说："不是，这是同归于尽。"

在我给景哲描述这一段陈年过往时，我始终留意着景哲面部和身体的细微变化。他听得很认真，没有打断我。我想，这或许就是因为他对对方足够在意，而导致他无法在此刻与我的博弈中见缝插针。

我有点扬扬自得，感觉打败了一个强大的对手。但同时，我又隐隐有着一丝特别奇怪的感觉，这种感觉，是以往的我从来没有过的。

我不知道这种感觉叫作什么，有点酸酸的，微微苦涩。

我和筱舒不一样，我有着强大的意志，不会因为周围的人和事而摇摆。筱涵说这是因为我没有共情能力。

筱涵还说："如果，你也有了共情的话，那么，这个叫作夏至的女孩，可能就压根儿不会出现。"

　　真是如此吗？那为什么，此刻坐在我旁边静静聆听着我说话的景哲，会让我对他看似冷静坚强的表面下的悲伤感同身受呢？

　　他再次伸手去拿烟盒，但紧接着，他再一次将手收回。他看车窗外，自顾自地摇头，似乎在否定着自己的某些念头。最终，他回过头来，对我微微笑笑："或许，你在当时所做出的举措是对的。你埋下了一个支撑着韩璐往前的信念，令她变得坚强。可是，当日的你，也很年轻。你不会意识到，人生是不断变化着的。我们与我们亲密的人分开，但我们在未来，又会遇到另一个和另一些亲密的人。所以说，执着于过往，并不可取。选择正面一切，才是正确的做法。人本主义心理学里那么多感性的鸡汤，之所以让每个人都蠢蠢欲动，不就是因为它描绘出了一个最终圆满完美的人格模型吗？"

　　景哲叹了口气："师姐，最初的我，并没有预计到我会遇到一个叫作韩璐的女孩，正如一个自诩没有未来的韩璐，也没预计到她会遇到一个叫作景哲的我。和韩璐在一起的每一天里，我都是幸福与快乐的。我相信韩璐也和我一样。只不过，在我与她心中都有着卑劣的秘密，令我们不敢去憧憬我们的美好未来。"说到这儿，他顿了顿，再一次自顾自地摇头。半晌，他喃喃地说："如果再给我一次机会的话，我一定会倾尽全力，融化她心中有着的执念。可是人生没有倒退键，最终我孑然一身，站到了一个新的路口。而在这个路口，我遇到了师姐你。我承认我有些负面情绪，有深深的恨意。但是，这一次，我觉得我应该要做的是，尽我所能，帮助你赶走心中的执念，让你也能够走出阴霾，拥有一个新的人生。"

我苦笑了一下，内心深处那种无比陌生的奇怪情感，开始蔓延开来。我的眼帘开始变得沉重无比，眼前的景哲，却开始变得恍惚起来。所见的车厢，也扩张开来，变成一个大大的房间。而房间对面，那个穿着西装的男人的颜面越发清晰，他声音低沉悦耳，如同虚空中伸出的一只温暖的手，贴到了我的头发上。

他说："那么，当我从一数到三的时候，一个来自你潜意识深处的拥有强大意志的女孩，就会来到。而她的名字，我觉得，可以叫作夏至。"

他的颜面越发清晰，是一张熟悉的脸庞。而这张脸庞的主人，也是收留了我们每一个人的秘密的人——柏然老师。

他的手上，是一个左右摆动着的怀表，这是心理师们给来访者做催眠治疗时经常会使用的道具。伴随着他那低沉悦耳的声音，十年前那个刚进入海阳大学心理学专业的我，眼帘缓缓往下垂。

"一……"

"二……"

"三……"

我猛地惊醒，周遭那有着柏然老师的接待室瞬间消失。我面前的一切也再次清晰，车厢里只有注视着我的景哲。而我的脑子里，也开始凭空多出了非常多的记忆，清晰且深刻。

柏然老师说过，在意识与潜意识之间，有着一道堤坝。很多很多我们不想记得的东西，就被放到堤坝里面，暂时封存。只有到了某一次堤坝被打开时，才会有少许的潜意识中的记忆，重新回到我们的脑海中。

我想，在这瞬间，或许那道堤坝被强大的外作用力冲垮了。这股子外作用力，似乎是来自对景哲的思想的共情。

我的反常，也令景哲面色一变。他连忙问道："师姐，是你吗？"

我后背开始布满了冷汗，心智也从混乱中逐渐收拢。我觉得好像有着一双手，在紧紧抓着我的头发，并将我用力往后拽。我连忙抬手，将我头发后面扎着的皮筋扯了下来。我的头发再次散落，身子也再一次放松。

我望向景哲，点头："是我。我想，我发现了我身体里住着的另一个灵魂了。"

"是吗？"景哲顿了顿，"那么，唤醒你另一个灵魂的人，是不是就是柏然老师呢？"

我闭上了眼睛，犹豫起来。

最终，我点头："是他。"

"嗯，实际上，我们也认为这个叫作骡的人，就是柏然老师。因为这些天里，我们查到了一个不为人知的信息。二十三年前，市百货大楼门前的惨案里的第三个死者冯莉莉，当时正就读于海阳大学汉语言文学专业。而她与一位刚离婚不久的副教授走得比较近。这位副教授，那时候还是做文史研究的。冯莉莉在市百货大楼门前遭遇那场不幸之后，副教授开始接触当时在国内算是新学科的心理学。最终，他成为我们海阳大学心理学专业的扛鼎者。"

景哲顿了顿，望向我："他，就是宋柏然。"

第十二章　骡的悲歌

1. 手铐

　　景哲帮我将椅子的后背往后放下一点，这样，我就会坐得更舒服一些。他拿出一副手铐，放在了我与他的座椅中间，然后说："是不是需要将你也铐上，我有点不确定，可能需要谷宇才能够判断。但在此之前，希望你能积极配合我们警方，接受我们接下来对你的调查。"

　　我"嗯"了一声，将脚抬起，蜷缩在放下了椅背的副驾驶座椅上。

　　景哲再一次启动了汽车，往市精神病院的方向开去。我看他，突然觉得穿上了警服的他，有着一种特殊的亲切感。他的眉目间，竟然有了那个在当年的百货大楼门前将我一把抱起的老景的模样。

　　我心中微温，扭头望向车的前方，天空已经开始明亮起来，之前死死压着光明的厚重云彩，在此刻变得稀薄洁白，层层叠叠，非常好看。

我闭上眼睛，尝试整理脑海中乱糟糟的、新增的诸多画面与声音。我开始意识到，在这些年里，我并没有自己以为的这般慵懒与松弛。只是有着一个叫作夏至的我，将执念独自承担着。

当汽车开到市精神病院时，已经八点了。果然，在精神病院正对面，有着一家小小的早餐铺子。铺子门口，摆着几张桌子。接着，我看到了柏然老师坐在其中的一张桌子上。只不过，他不是孑然一人，和他坐在一起的，是和景哲一样，穿着整齐警服的谷宇。

"你们是约好的吧？"我问景哲。

景哲点头："是的，我守着你，谷宇守着老师。只不过，我们的出发点没有那么激进，我们认为能够成为你们翻过某一道栏杆前的阻挡者，就可以了。"

他笑了，笑起来的样子和他爸爸真的好像："师姐，警察的职责并不只局限于抓坏人。能让人们都别脱离轨道，才是我们的首要任务。"

说完，他将车停到了路边。

我和他一起下了车。老师和谷宇也都看到了我们，他俩的神态并没有异常。或许，在之前的交锋中，也有过波澜。但作为心理学专业出身的人，快速恢复到平和与稳定的状态，本就是我们习得的技能。

谷宇对着我俩正常挥手，示意我们过去。

柏然老师扭头冲店里的老板喊道："再来两份肠粉吧。"

店里的声音大声回应着："好嘞！"

谷宇冲我们笑了笑："我和老师聊了一会儿了，也把一些事儿都聊开了。所以，某些真相，老师觉得可以等你们到了后，也悉数说出来。"

景哲率先坐下："我和师姐也聊了一些事儿，很荣幸，我还与师姐的世界里的另一个思想有了一次接触……"

"你说的是夏至吗？"柏然老师问道。

"嗯！"我抢先应了，"并且，老师，我觉得我可能也能感受得到她的存在了。"

柏然老师愣了一下："也好，也好！"

我开始留意到，今天的柏然老师，穿得非常正式。今年就要满六十岁的他，居然穿了一条纯白色的西裤，西裤上，熨烫过的痕迹非常清晰明显。灰色的立领衬衣的领口扣得严严实实，花白的头发也梳到了脑后，应该还打了啫喱水。可此刻的他却并没有看我们了，反而转头望向对面的精神病院的大门。在那扇大门深处，诸多迷乱的灵魂，已经开始整理他们努力想要变得有序的新的一天。几十分钟后，那扇铁门旁边的小门应该会打开，然后，一个在二十三年前，放任自己跋扈的灵魂在这人世间作恶的人，会拖着他已经衰老的躯壳，缓缓走出来。

"我最初并不是学心理学的。"柏然老师的声音好听，我们都很为他的声音着迷过。

"我大学时候读的是哲学。什么是哲学呢？就是人们对这世界的认识，哲学家们将之整理出来，聚拢为一种最终能得到大部分人认同的理。可是，我那时候也年轻，看的书越来越多，发现不同的哲学家们的理论，又有太多区别。于是乎，我找不到一个真正标准的哲学。后来，我就转了专业，选了西方文学。其实，文学和哲学是同一个原理。哲学，是大家整理出来的求同存异的对世界的认知。而文学，就是作者这一个人，对世界的认知，再用小说、散文或者诗歌这些载体来进行承载。"

柏然老师顿了顿，回过头来看了我们三个人一眼。他嘴角依旧上扬，眼神中流露出来的是我们都非常熟悉的那种带着关爱的眼神："所以，在我留校最初的那十年里，我都是在文学系。或许，也是因为痴迷文字里的世界的缘故，我变得越发感性。最终，我与我的妻子离婚后，开始与我的一名学生走得近了。她，就是冯莉莉。而谷宇刚才也已经和我说了，他和景哲已经查了二十三年前，在市百货大楼门口的第三名死者的信息。没错，那三名死者里，有筱舒的妈妈，有欧阳医生的父亲，以及……以及……"柏然老师的嘴唇有着微微的颤动，"以及，一个叫作冯莉莉的在海阳大学读汉语言文学的大三学生。"

或许，属于老师的这个故事，已经有太多年没有被他触碰。所以，此刻的他有着非常明显的情绪起伏的细微动作。他的手掌开始微微颤动，放在腿上，又移到桌上。他端起桌上的一次性茶杯，拿起，又放下。最终，他又一次对着我们这三个学生——打量，然后撇了撇嘴："一切，发生得是那么匆忙。我和冯莉莉，甚至都没有说上一声再见，从那天开始，就再也没见。而她那天去市百货大楼，是想要给我买一个保温杯。那个保温杯，最后也伴随着她在这世上残存的灰烬，被转交到了她那从外地赶过来的父母手里。所以，她在弥留之际，想要留给我的最后的礼物，并没有如愿送达。"

"从那以后，我才开始接触心理学。"柏然老师叹了口气，"心理学是什么呢？真要归类，它应该是在哲学下面的关于人们的心理认知的部分。其实，文学里也是有着承载作者的心理认知的部分，只不过，它所承载的那一部分，会因为写作者个人的狭隘，而变得偏执抑或是太过感性。而至于我，之所以在莉莉离开这个世界后开始接触心理学，出发点其实是想要进行一次自救。因为在那之前，我看了那么那么多书，吸收了那么那么多哲学家的思想，以及那么那么多文学巨匠对这个世界的看法。可是，我却无法将自己因为爱人的离世而万分悲痛的灵魂，从低谷中拯救出来。"

他终于端起了茶杯，浅抿了一口："我承认，心理学的知识，确实令我开始慢慢走出低谷。但这个过程中，我渐渐发现，心理学和文学、哲学最大的区别就在于，文学和哲学都是普世的，而心理学可以是针对个体的。并且，心理学可以改变一个人的认知，能让人改变面对刺激后所做出的行为。最后，我在行为主义心理学的经典条件反射理论中开始沉沦。"

"也是因为之后这二十几年一直从事心理学研究的工作，我为你们这些孩子，设计了'树洞'这个能够让你们化解焦虑的小小程序。我的出发点在最开始并不是卑劣的，但作为树洞唯一能够洞悉所有秘密的人，我以为我能够用一种无私的付出，来让迷失的孩子们的问题都被我洞悉，然后被我挽救。但……"

这时，早餐铺老板将肠粉端了过来。老师的话也停了，待到老板走开，老师伸手给我和景哲拿筷子，并递给我们。我们点头示意，他才开始继续："每个人的内心深处，其实都并不是那么高尚。我们那来自本我的被欲望驱使着的人性，本就藏污纳垢，不忍直视。而你们……嗯，我亲爱的孩子们，你们三个，是我带过的这么多学生中，最引以为豪的三个。可是，你们每一个人内心深处，又真正能够保持着清澈与良善吗？慢慢地，树洞在我的世界里，变成了一个有着岩浆沸腾着的深渊。我每天都在凝视着深渊，看到了你们内心深处的恶龙。最终，我又如何能够保持单纯，不为所动呢？"

2. 折返的恶魔

"所以……"他又看了一眼对面的精神病院的大门，"所以，筱涵的出现，以及我与他形成的某些共谋，或许并不能将责任推卸给他一个人。很多时候，很多东西是相互影响的，到某一层纸被捅破后，密谋与实施，变得顺理成章。最终，我有了两个能够帮助我用行为操控染指这座城市的心理学学者。一个，就是筱涵。而另一个，只有在极个别情况下才会出现。她，就是藏在筱舒身体里的另一个和她哥哥一样偏执的复仇女神——夏至。"

柏然老师说到这儿，扭头看谷宇："只不过，在这个巨大的迷阵中，筱舒其实是并不知情的。实际上，就算是她身体里有着的另外一个人格，那个叫作夏至的女孩，也并不知道我和筱涵到底在酝酿着什么，以及我们想要做些什么。我们的罪恶，源于我们无法自控的仇恨。或许最初，筱涵还能够将那些仇恨的情绪给控制住，不会做出极端的行为。但很不幸，他遇到了我，遇到了一个同样有对张金伟的恨意在熊熊燃烧的我。最终，在七年前的那个早上，筱涵失魂落魄地跑回学校告诉我，他终于没有控制住自己，亲手将张金伟儿子的女友杀死了。而他杀人的原因，不过是那个女孩对张金伟的儿子张小博的爱念，在被他洞悉后，让他无比嫉妒。筱涵在我面前低声嘶吼——为什么他们要那么幸福？而为什么我们要如此痛苦呢？"

"所以，七年前发生在职业技术学院的那一起凶案，凶手其实也是筱涵？"谷宇问道。

柏然老师点头："是的。而七年后的这一起命案的凶手，也是筱涵。只不过……"他望向了景哲，"我并不知道七年前的女孩，是韩璐的姐姐韩琳。我也并不知道这个七年里，用赴死的恨意生活着的女孩，是你的女友韩璐。我总是觉得我不去了解具象化的对方，就不会肩负罪恶感。但最终……在我知悉一些事以后，也是我的负疚到了极点的时刻的开始。"

此刻的景哲，脸色已经变得非常难看了。很明显，他在努力压抑着内心深处的沸腾情绪。最终，他微微张嘴，让自己的每一次吸气与吐气，都能够最大化。

景哲抿了下嘴唇："继续吧。"

柏然老师继续道："七年前发生的事情，让我意识到，我不能任由我身边的人放任情绪。于是，那几年里，我们也并没有做出任何不好的行为与举动。当然，筱舒身体里的夏至也是在那个时候出现的，不过，我和筱涵也都努力，让这个有点癫狂的她，不会放肆。可是，世间事是不断变化的。人也不可能在世间事的变化中，始终保持一个不变的模样。终于，张金伟即将出院的消息传来，而我与筱涵心底的那个恶魔再次来到，也再次腾飞，开始张牙舞爪。所以，我们计划出了骡——一个能够在人的心里埋下一颗种子的心理师。所以，骡并不是一个人，骡是我，是筱涵，同时，也是筱舒身体里的夏至。我们的目的简单纯粹，就是让恶贯满盈的张金伟，被悔恨裹挟，在无比痛苦中，选择对死去的死者忏悔，继而选择自杀。可是，我们无法保证我们的行为操控能力，真能那么强大。所以，就有了中侨大厦上那自杀了的人贩子。无亲无故的他，在出狱后，被筱涵进行了几次深度催眠。最终，他真的在一个深夜，独自去到了那一栋废弃的大楼，并选择了自杀。不过，之后我和筱涵复盘时，我们发现一个问题——这个叫作麻虎的人贩子，之所以选择忏悔与自杀，是因为他没有家人。他于这世上孑然一身，孤单苦闷。他开始意识到自己做过的恶，都会有最终的报应来到。而张金伟呢？他做出那么多恶，最终迎接他的，为什么将是一个儿孙满堂的幸福晚年呢？甚至他回到他儿子的家里后，一定还会去他们家楼下的篮球场里，拍打着篮球，并将篮球单手握住，高高跃起，像当年那个上午砸向无辜的人们时那样，将篮球扣入篮筐。"

"所以，我让筱涵去找到了欧阳医生。在他俩聊了很久后，欧阳医生回到了海阳，进入了市精神病院。围绕着张金伟的儿子的一些布局，也开始实施，但都并不顺利。因为我们利用心理暗示进而达到行为操控的目标人，最好是比较感性的人。而张金伟的儿子张小博是那种道德标准并不是很高，甚至可以说受教育程度也都比较有限的人。最终，筱涵背着我，实施了他自认为完美的计划，在张金伟即将出院之前，令张小博陷入一场刑事案件。他寄希望于用这场刑案，带动张小博家庭中的巨大变故。而这个计划中，就有了无辜的韩璐的死去。为此，我非常愤怒，可筱涵认为，他可以在一切结束之后，换回韩璐这些年的执念所想要的结果，那就是他——这个七年前的杀人凶手的自焚。"

我终于没忍住插话了："也就是说，其实筱涵在决定做这一切之前，就已经决定要自焚了？"

"是的……"柏然老师点头，"实际上，从若干年前他无法控制住自己，将那个无辜的女孩杀死的早上开始，他就决定了要用自己肉身在痛苦中挣扎着湮灭，来换回自己对自己作恶的惩罚。之所以选择自焚，是因为你——筱舒，你当日的男友用自焚来向你证明自己对你的无我爱意。所以，筱涵认为，自焚，是唯一能让他的妹妹觉得足够虔诚的仪式。尽管，你可能并不知晓他究竟犯下过何等深刻的罪恶。"

我闭上了眼睛，半晌，我再次睁开："很多事情，我其实能够察觉到端倪。我总是不想去细究，或许，也是我选择的一种逃避。哥哥这些年变得越发奇怪，我甚至都没想过去了解原因。在他因为那一起发生在技术学院后山的命案而被警察带走后，其实我已经有了惶恐。或者也可以说，我知道真相，但我不想去揭晓。"

我看了景哲一眼，苦笑："所以，那天早上，你来到我们中心时，我就隐隐约约猜到了你的目的是什么。我没有选择将你赶走，是因为第一眼看到你，我就感觉特别眼熟。景哲，你不会知道你父亲在我和筱涵心目中有什么样的地位。二十三年前的那起凶案现场，杀人后满身是血的张金伟愣在原地，像是一个随时会再次炸裂的火药桶。而同样愣在原地的，是紧紧抓着对方的手的一对兄妹。也就是说，在那十几分钟里，我们随时会被失控的张金伟杀死。最终，你父亲老景赶到了。他和他的同事们将张金伟控制住后，就看到了我们以及我们脚边的血肉模糊的妈妈的尸体。"

我将手抬起，捂住了颜面。眼泪开始放肆涌出，因为这么多年来我回避给人描述的那段记忆，此刻在开始回放了。

"你父亲老景走到了我们的身边，他抱起了我，还牵上了筱涵。他说没事的，没事的。他说……他说……他说这是一个充满了意外的世界，他说生离和死别本就是每一个小孩要学会面对的，他还说成长就是这样，每个人都要承受最爱的人与自己的永远分离，就算是他，也无法例外。"

坐在我旁边的景哲，也开始闭上了眼睛。他在咬嘴唇，这是在控制自己的情绪。他是个男人，是个终会像他父亲一样顶天立地的男人。所以，最终他缓缓睁开眼睛。

他说："挺让人郁闷的，他为什么不对我说这些话呢？如果他早点告诉我这些，那么，我在之后面对与他的分别时，或许就不会那么束手无策。"

谷宇耸了耸肩："是啊，师父为什么没给我们说这些呢？"

就在这时，柏然老师站了起来，转身，望向了马路对面。只见在那对面停下的一台出租车里，走下来一个穿着白色T恤的男人。

"这就是张小博，张金伟的儿子。"景哲小声告诉我。

下了出租车的张小博戴着一顶鸭舌帽，还戴了墨镜。他左右看看，同时，也看到了在马路对面的我们。但是，我相信他并没有认出谁来。因为他扫了一眼四周后，选择了低头走到精神病院门口旁边的花圃边。他抬手将帽檐往下压了压，尽可能地低着头。我们意识到，他害怕被人认出来，而他害怕谁呢？或许他自己也说不出来。因为，他今天要来接的是一个在二十三年前杀死了三个无辜路人的恶魔。而这么一个恶魔，正是他的亲生父亲。

也就是说，在他那看似高大魁梧的身体里，住着一个因父亲在二十三年前犯下的罪恶，所导致的无比愧疚与惶恐的灵魂。

而也就是在这一刻，在精神病院的铁门后，一个同样高大的身影开始出现。他穿着一件很旧很旧的宽大深灰色T恤，和一条黑色的长裤。他佝偻着身子，和领着他往外走着的一个穿白大褂的医生说着话。医生其实不矮，但是和他比较起来，像是一个小孩。于是，因为身高的原因，大个子需要更加努力地弯腰，更加努力地点头，才能完成他想要完成的卑微与苟且。

我认出他了，他是张金伟。只不过，他老了。

而二十几年前那个上午的他，尚年轻。所以，他在当时的狰狞，得以被放大到极致，在我印象中，是个身手敏捷且无所不能的凶神。

二十几年过去了，他变成了一个唯唯诺诺的老汉……

精神病院大铁门并没有打开，只是开了铁门旁边的一个小门。张金伟出现在敞开的小门里，往外迈步。小门外，他的儿子张小博也迎了上去，应该是在喊他了。

可奇怪的事情发生了，张金伟走到那扇门前，却突然止步了。他像是在琢磨什么事，表情凝重。

过了很久，他好像突然想明白一件什么事情。他笑了，并伸长了脖子，望向小门外面的他的儿子，以及他儿子身后的世界。

本就高大的他，这会儿居然还踮了踮脚，好像小小的门，无法让他看到更多的世界一般。接着，他看到了马路这边已经纷纷站起来的我们。他或许认识我们中间的某些人，又或者，在此刻的他的眼里，认不认得，也都不再重要了。

接着，他居然抬手了，他笑着，对着和他近在咫尺的儿子挥了挥手，又对着马路对面的我们挥了挥手。再接着，他继续挥手，却看不出他是在对谁挥手了，又像是在对着他面前的整个世界挥手。

他笑着，挥着手……

最终，他转身了……他对着他身后的医生说了几句什么，我们不得而知。但那个医生似乎也很意外，犹豫了一会儿，最终冲张金伟点了点头。

他俩一起往回，走向了铁门后那收纳着若干迷失了灵魂的人的医院。

2017年4月6日上午八点半，本来可以离开市精神病院的病人张金伟，突然决定继续接受治疗。他告诉医生，其实，在天空中、在屋顶、在床底下、在温暖的被子里……那个和他对话的声音一直都在。并且，那个声音在经历了二十三年的打压后，变得更为狡猾。张金伟说："那个声音的主人，还想要做一些他觉得他想要做的事情，而我——这个叫张金伟的老头，却变得无法认同他的很多想法了。所以，我宁愿在精神病院里老死，也不想再次成为他的共谋。"

也是在这个上午，柏然老师在市精神病院的大门外，被戴上了手铐。和精神病院的郭院长通完电话后的谷宇，把张金伟的决定告诉了柏然老师。于是，柏然老师反而变得平静了很多。他用一种当日看我们的眼神看着在场的我、景哲和谷宇。他说："很欣慰，在这座城市里，有着你们这些优秀的心理学专业的人在，令城市里人们内心隐藏着的焦躁的灵魂，得以被压制住。很可惜，我不再是你们中的一员。"

他又看了一眼马路对面的精神病院的大门，苦笑了一下："我们都要经历生离和死别，要面对身边最亲爱的人与我们的告别。我们要学会接受和面对，这就是成长的过程吧。只不过，我们需要用一辈子来习得如何接受与面对这一场场的告别。"

他顿了顿："一个人的离去，其实就是带走了他身边的人的世界里的很多东西。他自己并不会觉得，但这些丝丝缕缕的抽离，是永久的。又或者，我们也可以理解为，一个人离去所带走的，是我们剩下的这些人所自愿选择献上的殉葬品吧。"

"那么……"他又环视我们，"那么，这个城市，就是一座殉葬之城。"

尾 声

1. 景 哲

我是景哲，一个新人警察。

两个月后的一个周一，我和另外十三名新人警察，参加了宣誓仪式。

仪式并没有那么隆重，就是在市局门口。据说每一次新人的宣誓仪式，市局的一干领导都会到齐，这次也不例外。那会儿下着小雨，政治处的同志还问了局领导，是不是要将仪式地点改到礼堂？薛局故意大声说："我正式加入警队那天，雨比这会儿还大，也是在雨里站着读完的誓言。难不成他们这些新时代警察就比我们要娇贵吗？"

我们都笑了。

薛局又看了队伍中的我一眼："和我一起宣誓的，还有一位叫作景海峰的同志，他是我最好的战友。"

很多新人并不知道景海峰是谁，但看到薛局以及薛局旁边的一干局领导的表情都严肃了，便也都收住了笑。

我们对着在小雨中依旧伸展开来的国旗，对着市局大门上方悬挂着的国徽，开始朗诵我们即将用毕生时间来恪守的警察的誓言。隐隐约约中，父亲仿佛来到，也站在我们前方的局领导们身后，探头看着我。他冲我微笑，冲我点头，甚至还冲我比画了一个大拇指。

我知道，这是幻觉而已。但我也相信，冥冥中他如果在，那此刻的他，也正是这般看着我的。未曾想到的是，我以为的幻觉一般的他的陪伴，在接下来的时间里，竟然用另外一种方法在变为真实。

薛局将我单独叫上了台。他对着在场的新人警察以及来自局里其他岗位的同袍们，将我父亲景海峰曾经走过的路详细说了一遍。末了，他说："而此刻站在我身边的景哲，一定会是下一个老景。"

接着，他从旁边的桌上拿出了一个有着警号的胸贴。而也就是在我看清楚这胸贴上的数字后，胸腔里的脏器就好像被人一把攥紧了。我的呼吸开始加快，心跳加速。我不由自主地将胸膛挺得更加高，用来承载这枚在外人看来并不起眼的有着属于我的警号的胸贴。

780516……这是曾经陪伴我父亲景海峰二十几年从警生涯的一串数字……

薛局说："警队有一个传统，牺牲了的同志的警号，会保留下来。如若这位烈士的孩子之后也会加入警队，那么，这个警号，就会成为他的孩子的警号。"

这一刻，我不知道应该说句什么。最终，我抬起右手，冲薛局敬礼。

我一度以为，逝去的人，只会带走我们弥留者的世界里的种种。未曾想到的是，在几年以后，我会突然发现。他，也会留下很多东西。

进化心理学认为，对男性而言，最为重要的就是基因的延续。也就是说，他自己的人生可以画上句号，但属于他的基因，总会在这人世间继续。

我想，我已然成为一个曾经铁骨铮铮且又温暖过诸多人的老警察景海峰的故事延续。

2. 谷宇

我是谷宇，我是一个一度不敢直面自己未来的警察。

今天早上，我们将宋柏然的案子正式移交给了检察院。出了市检的大门，李淳问我："今天要不要我陪着你？"

我说："不用了。"

李淳还是不放心，又说："要不，让景哲过去吧。他和你能聊的东西多一点，起码可以给你点……那个啥来着？就是你们心理学里面说的那种什么精神上的支撑啥的？"

我冲他笑了笑，说："也不用了。"

余穗的手术定在上午十点，预估要七个小时。操刀的是她那位在省人民医院脑科做主任的师兄。师兄的话说得比较委婉："情况比预期的要乐观，但这种手术难度大，失败的代价，就是永远的失去，希望你们也要做好思想准备。"

我和余穗的父母也点头了。最终，我紧紧握着余穗的手，陪她到了手术室门口。她看着我，微微笑："有什么想对我说的吗？"

我犹豫了一下，最后，我从裤兜里掏出了那心形的小盒子。盒子里面，有着一枚钻戒。我只是一个小警察，我能够为我最深爱的女孩所买下的永恒，并不足够大。但它在我最深爱的女孩眼里，又一定是最为耀眼的。

余穗抬手，将我拿出的盒子往回推："别打开给我看了，我怕我会忍不住想要现在就戴上。"她摸我的脸，又说："我爱你，谷宇。等我一会儿出来后，你再给我戴上，好吗？"

我"嗯"了一声。

她被推入了手术室。

这几个小时是漫长与煎熬的，因为它就是典型的人生低谷期的缩影。对于未来的不确定性充斥其中……

最终，窗外红色彩霞漫天的傍晚来临了。余穗的眼睛微微睁开着，嘴角上扬，却无法将微笑这么个动作完成。

我蹲在床边，将戒指从首饰盒里拿出来，郑重其事地戴到了她的手指上。

她嘴唇动了下，却没说出什么。两行眼泪，从她眼眶里滑落。

手术很成功，我们能够拥有一个完整的未来。

3. 筱舒

我是筱舒，我是一个在等待定义的女心理师。

我们的案子比较复杂，所以，半年后的今天，景哲才打电话通知我：检察院已经认为我的情况可以免予起诉。柏然老师的情况，却已经被提交了公诉。

接下来，在取保候审状态下的我，要回到市局办一些手续。最终，这一切的一切，告一段落。

入夜，我还在单位坐着。这些日子里，我在努力改变自己的一个习惯，这个习惯陪伴了我二十几年。也是因为有这个习惯，令我在无数个惶恐无助的夜晚，能够感觉到安全与抚慰。

但，它并不是某一种行为，而是一个地方——位于花拌坊的一栋小楼。在那楼顶的天台，我可以鸟瞰河水往前，可以感觉到爸爸、妈妈还有哥哥陪伴在我身边。

　　人的一辈子，不能永远眷念着过去了且无法再获的温暖来度日。人一辈子，所遇到的所有坎坷，也都需要抬脚跨过去，不可能每每都选择绕过去。这寒来暑往，这秋收冬藏；人世间的闰余成岁，人世间的律吕调阳。我们经历着云腾致雨，眼见了露结为霜。数不尽的来来与去，去去与来，生离与死别皆是日常，又怎么还会担忧朝云和暮雨、冷暖和淡薄呢？我从这城市一隅中走出，面对过诸多难，挺过了诸多苦。最终，我想要的是能够真正改写自己的人生，而不是依旧缩在困境中无法自拔。

　　如果爸爸、妈妈以及哥哥他们还在，这也应该不是他们想要看到的。

　　我坐在属于我与我的来访者的那个诊疗室的单人沙发上，面对着硕大的落地窗。窗外，是一个晴朗的夜晚，天空黑得如同幕布，星子清晰分明，皎月置身其中，像是一个被簇拥着的骄傲的公主。我双腿蜷在沙发上，右手托头，看着眼前一幕。中心公园的草坪，被收纳在这一幕星空画面之下，显得多么安静。我想，这就是我此刻心境在我眼前所呈现的投射吧。

　　书上说：你心中有光，所见皆是光明。

　　或许，就是此刻了。

我嘴角上扬，微微笑了。

身旁的手机响了，是景哲。

"还在中心吗？"他问道。

我"嗯"了一声。

"接诊吗？这里有一个刚下班的小伙，他有点迷惘。"景哲说。

我笑了，站起，朝着中心的大门走去："接吧。"

大门外，穿着警服的他，脸上挂着微笑。

钟宇　完稿于2024年7月14日